Bastis Welt

Moni Rehbein

BASTIS WELT

Schachmatt dem Chaos
Die Liebe siegt

Engelsdorfer Verlag
Leipzig
2015

Sämtliche Namen der im Buch vorkommenden
Personen, außer dem der Autorin, wurden geändert.

Bibliografische Information durch die
Deutsche Nationalbibliothek:
Die Deutsche Nationalbibliothek verzeichnet diese Pub-
likation in der Deutschen Nationalbibliografie; detaillierte
bibliografische Daten sind im Internet über
http://dnb.dnb.de abrufbar.

ISBN 978-3-95744-918-4

Alle Rechte bei der Autorin
Umschlagentwurf: Frank Hübner
Hergestellt in Leipzig, Germany (EU)
www.engelsdorfer-verlag.de

9,95 € (D)

INHALT

EINLEITUNG

Für die meisten Menschen ist es schwierig, sich in Autisten hineinzuversetzen oder ihnen Verständnis entgegenzubringen, weil sie einfach so anders sind als andere Menschen und doch keine offensichtliche Behinderung haben. Die meisten sind weder körperlich noch geistig behindert. Oft sind sie uns sogar in Teilbereichen weit überlegen. Sie leben sozusagen in Anderwelt.

Basti ist sehr intelligent, sodass er in Intelligenz-Tests (IQ-Test) in Teilbereichen über den messbaren Werten liegt und man nur schätzen kann. Man hat ihn schon vielen solcher Tests unterzogen, wohl in der Hoffnung, dass er seine Intelligenz eines Tages den Tests anpassen würde.

So musste Basti zum Beispiel ein Bild bewerten, auf dem ein Stuhl dargestellt war. Der Proband sollte erkennen und angeben, dass der Stuhl dreidimensional ist. Er war ja aber nicht dreidimensional, weil man unmöglich auf einem Blatt Papier mehr als zwei Dimensionen darstellen kann. Man kann lediglich eine falsche Wirkung oder eine optische Täuschung erzielen, deshalb ist das Bild aber immer noch zweidimensional und wird es auch so lange bleiben, bis man den Test zusammen mit dem Bild ins Feuer wirft.

Basti hat also festgestellt, dass der Sitz des Stuhles sich in eine Richtung verschmälert und zwei der Stuhlbeine kürzer und dünner sind als die anderen, wodurch er eine Bewertung von unter 60 bekam. Die Grenze von 60 war als sogenannte »Schwachsinnsgrenze« festgelegt. Sowohl in der Sprachbegabung als auch in der Mathematik lag er weit über der messbaren Obergrenze. Er wurde also bereits im Kindesalter als sprachbegabtes, schwachsinniges Mathegenie bewertet, das völlig normal ist und einen IQ von 100 hat. Ich nehme an, der Test selbst wurde nie auf Schwachsinn hin untersucht.

Basti hatte nie ungewöhnliche Verhaltensweisen, die nicht andere – normale – Menschen auch haben und der IQ-Test bestätigte seine Normalität. Alles prima, wenn da nicht »Anderwelt« wäre.

Der Unterschied zwischen Durchschnittsautisten und dem Rest der Durchschnittsmenschheit liegt wohl darin, dass der Autist die Umwelt völlig anders wahrnimmt als der Mensch, der noch durchschnittlicher ist. Ein Großteil der menschlichen Kommunikation läuft nicht über die Sprache ab, obwohl wir das meist denken. Aber das ist ein Irrtum. Der Großteil dessen, was wir den Menschen um uns herum mitteilen, geschieht über Gestik und Mimik, über Sprachmuster und zum Teil auch über andere Sinne, wie z. B. den Geruch. Es gibt viele wissenschaftliche Studien zu diesen Themen und oft vermag uns ein Pantomime mehr zu vermitteln, als der beste Nachrichtensprecher.

Stellen Sie sich doch bitte ein Gesicht vor, das zu lächeln beginnt. Zuerst zaghaft, dann immer mehr, bis das ganze Gesicht erstrahlt und mit Freude erfüllt ist. Am liebsten könnte man einen solchen Menschen doch umarmen und möchte gern in dessen Gesellschaft verweilen.

Nun nehmen wir dasselbe Gesicht, das ärgerlich die Stirn runzelt und dann langsam zur wutverzerrten Fratze wird. Alles in uns wird sich auf Abwehr stellen und wir werden die verschiedensten Reaktionen spüren wie Fluchtgedanke, Aggression oder Widerstand. Niemand möchte diese Person umarmen, obwohl sie immer noch die gleiche ist. Dabei hat die Person die ganze Zeit kein Wort gesprochen, aber wir haben wahrgenommen, was sie uns mitgeteilt hat.

Ein Autist erkennt das oft nicht. Gestik und Mimik sind für ihn wie eine Fremdsprache. Die meisten von uns würden es wohl verstehen, wenn ein Pantomime uns beibringen möchte, dass wir am Telefon zuerst die 3, dann die 5 und zuletzt die 2 wählen sollen. Wenn wir aber eine Bandansage abhören, die uns das Gleiche in Chinesisch erklärt, würden das die meisten von uns nicht verstehen, obwohl die Ansage auf Band sehr viel klarer und exakter ist, aber eben in einer für uns fremden Sprache. So geht es einem Autisten oft mit uns. Wir drücken uns in einer blumigen Sprache aus und benutzen auch noch Gestik und Mimik und der Autist fühlt sich wie in einem Gespräch mit einem Chinesen. In Anderwelt wird eine andere Sprache gefühlt und wahrgenommen.

Ich kenne einen Autisten, der ist verzweifelt aus dem Schulunterricht weggelaufen, weil der Lehrer die Bemerkung machte, die Schüler würden ihn auf die Palme bringen, dabei hatten sie den Lehrer nirgendwo hingebracht und es war auch nirgends eine Palme in der Nähe.

Die größten Katastrophen der Menschheitsgeschichte basieren vielleicht sogar auf solchen Missverständnissen, weil wir nur Worte wahrnehmen, ohne denjenigen zu kennen, der dahinter steckt und so verstehen wir ihn dann völlig falsch. Ich denke da zum Beispiel an die

Bibel. Viele lesen die Worte und haben sicher die ehrbare Absicht, alles zu beherzigen, was da steht. Doch wollen sie sich nie auf den Autoren einlassen, mit ihm reden, ihn in ihr Leben lassen und eine persönliche Beziehung zu ihm herstellen. So kam und kommt es immer wieder zu Glaubenskriegen und zu tiefen zwischenmenschlichen Verletzungen. Viele denken sich einen zornigen, distanzierten oder gelassenen Gott und vergessen, dass er Mensch wurde. Sie sehen nicht sein Lächeln, seine Tränen, seine Freude, seinen übergroßen Humor, seinen Schmerz und diese mächtige Liebe, die nicht gekommen ist, die Menschen in seiner Allmacht zu bevormunden, sondern zu heilen, zu umarmen und zu trösten. Sie lesen von Sünde in der Bibel und davon, dass Gott die Sünde hasst und übersehen dabei sein Lächeln, das die Sünder zu sich ruft und seine Liebe, die schwerer wiegt und stärker ist als alle Sünde der Welt.

Viele Christen lesen die Worte, beten in sich rein oder an die Zimmerdecke und kommen gar nicht auf die Idee, dass man sich auf Jesus einlassen kann, dass man einfach mit ihm reden kann, dass er neben uns steht, ob wir ihn wahrnehmen oder nicht; dann wollen sie gegen die Sünde kämpfen und lassen sich hinreißen und kämpfen auch gegen den Sünder, anstatt ihre eigene Sünde einfach Jesus zu bringen. Oder Gott wird ihnen egal und sie wollen nichts von dem wissen, der das alles zulässt. Manche fangen sogar an, gegen Gott zu kämpfen oder gegen dessen Kinderlein. Die Menschen scheinen die einzigen Hunde zu sein, die die Hand beißen, die sie streichelt und füttert.

So ungefähr ist mein Sohn. Er nimmt nur das wahr, was er hört und liest und denkt nicht daran, dass man es vielleicht gar nicht so meint, weil er unser Lächeln nicht wahrnimmt, so wie viele Menschen das Lächeln Gottes nicht wahrnehmen. Oder er merkt nicht, dass jemand traurig ist und verletzt diesen durch seine scheinbare Gleichgültigkeit. Wenn ihm jemand vom Tod eines geliebten Menschen berichtet und dabei sogar Tränen in den Augen hat, reagiert er genauso monoton, als wenn ihm mit freudestrahlendem Gesicht von einem Lotto-gewinn erzählt wird. Er nimmt es zur Kenntnis und fängt eventuell augenblicklich einen Monolog z. B. über die weltpolitische Lage im Allgemeinen und Barack Obama im Besondern an. Er denkt nur geradlinig, nimmt alles wörtlich und es darf keine Fehler oder Zweideutigkeiten geben.

Oft ist diese Merkwürdigkeit anstrengend und zehrt an den Nerven. Doch manchmal ist er wirklich amüsant und wirkt bisweilen bizarr und ungewöhnlich. Genau davon handelt meine Geschichte mit dem Jungen aus Anderwelt.

SCHACH MATT!

Eines Tages entdeckte Basti durch einen Bekannten seine Leidenschaft für das Schachspiel. Er war damals gerade sechs Jahre alt und wollte in seiner Freizeit am liebsten nur noch Schach spielen.

Ich hatte das Schachspiel mit ihm zusammen erlernt und meinte, noch nicht mal ganz schlecht zu spielen, doch bald schon konnte ich mit meinem Dreikäsehoch nicht mehr mithalten.

Also suchte ich nach einem Verein. Da jeder Verein sich bei seiner Gründung im Handelsregister beim Amtsgericht eintragen muss, rief ich dort an, um mich zu erkundigen. Ich erfuhr so nicht nur, dass es einen Schachklub in Heidenheim gibt sondern auch den Namen, die Adresse und Telefonnummer des Vorstands, Herr Lay, und rief gleich dort an. Dieser teilte mir mit, dass jeden Freitagabend Trainingsstunden für Kinder und Jugendliche in einer renommierten Gaststätte unserer Stadt stattfinden.

Ich ging mit Basti zusammen zu seinem ersten Trainingsabend und bereits nach diesem ersten Abend war klar, dass Basti von nun an regelmäßig den Verein besuchen wollte. Herr Lay gab mir allerdings den Rat, ihn vorerst noch nicht anzumelden, sondern abzuwarten, ob er es sich vielleicht doch noch anders überlegt, es könne sich ja bei seiner neuentdeckten Liebe zu dieser Kampfsportart mit der geringsten Verletzungsgefahr auch nur um ein kurzzeitiges Interesse handeln.

Als er dann jedoch als Gastspieler bereits kurze Zeit später die Vereinsmeisterschaft gewann, musste ich ihn anmelden, damit er an der Kreismeisterschaft teilnehmen durfte. Er gewann nicht nur diese ungeschlagen, sondern auch die Bezirksmeisterschaft. In den kommenden Jahren gewann Bastian beständig und qualifizierte sich mehrfach zu den Landesmeisterschaften.

In seinem zweiten Jahr als Mitglied fand die Bezirksmeisterschaft in einer Jugendherberge statt. Die Kinder und Jugendlichen übernachteten dort auch, weil diese Schachmeisterschaft über zwei Tage andauerte.

Herr Lay erzählte mir einige Tage später, was sich in dieser Nacht zugetragen hatte. Die Kinder schliefen meist in Vierbettzimmern, so auch Basti. Um 20 Uhr sollten alle zu Bett gehen, sie durften sich noch unterhalten oder lesen und ab 21 Uhr war Bettruhe vorgesehen. Diese Regelung wurde den Kindern bereits zu Beginn des Turniers mitgeteilt.

Wie bei Kindern so üblich, hielten sich die meisten nicht an diese Anordnung. So herrschte bis nach 22 Uhr ein Lärmen und Kichern in den Schlafräumen und den Gängen der Herberge.

Nicht so in Bastis Zimmer. Pünktlich auf die Minute um 21 Uhr sorgte Basti für Ruhe. Er stand auf, löschte das Licht, legte sich wieder ins Bett und befahl den Zimmergenossen: »Es ist nun 21 Uhr, jetzt wird geschlafen.«

Da Basti durch seine Spielstärke und Souveränität ein gewisses Ansehen bei den Kindern gewonnen hatte, akzeptierten sie ihn sofort als Autoritätsperson und waren auf der Stelle mucksmäuschenstill, trotz des Lärms, der aus Flur und Zimmern der anderen Kinder zu vernehmen war.

Am Sonntag, dem zweiten und letzten Spieltag, fuhr ich nach der Kirche zu der Jugendherberge, um mir die letzten Spiele anzuschauen und Basti dann mit nach Hause zu nehmen. Ich mag die Atmosphäre eines Schachturniers sehr. Meist herrscht absolute Stille. Es ist noch nicht mal ein »Schach« zu hören, wenn ein gegnerischer König bedroht wird, wie das oft so in Filmen dargestellt wird. Ein Spieler weiß meist, wenn sein König angegriffen wird, auch ohne, dass es ihm gesagt wird. Übersieht er das dennoch einmal, was sehr selten vorkommt, und möchte einen anderen Zug machen, der den König in der Bedrohung stehen lässt, sagt der Angreifer: »Unmöglicher Zug.«

Ist eine Partie beendet, geben sich die beiden Spieler die Hand, um zum einen dem Gewinner zu gratulieren und zum anderen gegenseitigen Respekt auszudrücken.

Die meisten Anwesenden, auch Basti und ich, wurden beim vorletzten Spiel Zeugen einer etwas beängstigenden Szene.

Bereits bei so jungen Spielern war es nicht ungewöhnlich, dass ihnen persönliche Trainer zur Seite standen. So auch bei einem Jungen, der in derselben Altersstufe spielte wie Basti. Der Junge machte im Laufe seines vorletzten Spiels einen gravierenden Fehler und verlor diese Partie. Eigentlich nicht schlimm in einer so niederen Altersgruppe und selbst Schachgroßmeister machen Fehler. Der Junge war am Boden zerstört. Doch anstatt ihn zu trösten, kochte sein Trainer vor Wut und fing an, den Spieler aufs Übelste zu beschimpfen, was in etwa so klang: »Du bist doch zu blöd zum Schachspielen mit deinem Spatzenhirn. So einen Fehler macht doch noch nicht mal ein Anfänger. Schalt gefälligst in Zukunft dein Gehirn ein! Aus dir wird nie ein guter Schachspieler!«

Alle Anwesenden hatten diese Szene mitbekommen, aber keiner wagte es, dem wütenden Trainer ins Wort zu fallen. Der Junge, der nun im Mittelpunkt des allgemeinen Interesses stand, hatte einen knallroten Kopf bekommen und Tränen standen ihm in den Augen.

Kein Wort fiel, die Köpfe der anderen Spieler senkten sich wieder und die Spiele gingen ruhig weiter.

Ich hatte schon zu Beginn des Wutanfalls des Trainers meinen Sohn beobachtet, doch er zuckte mit keiner Wimper, blieb über sein Schachspiel gebeugt und es war unmöglich zu beurteilen, ob er diese Szene überhaupt mitbekommen hatte, obwohl er ja in unmittelbarer Nähe saß. Basti ging in seiner Altersgruppe als Sieger hervor und verteidigte so seinen Titel als Bezirksmeister.

Als die Spiele beendet waren, erfolgte nach einer kurzen Pause die Siegerehrung im Eingangsbereich der Jugendherberge. Alle Spieler waren versammelt, dazu viele Elternteile und einige Trainer, und wurden Zeugen, als Basti und die anderen Sieger ihre Medaillen und Urkunden entgegennahmen.

Ein Zeitungsreporter war gekommen und schoss einige Fotos. Damit war das Turnier offiziell beendet.

Es war immer noch relativ ruhig in der Aula, als Bastis Stimme zu vernehmen war, der sich dem cholerischen Trainer zugewandt hatte: »Ich fordere Sie zu einer Partie Schach heraus.« Dabei hatte er ruhig und sachlich gesprochen, fast schon ein wenig beiläufig.

Der Trainer nahm die Herausforderung an und schnell wurden ein Tisch und zwei Stühle in die Aula getragen und ein Schachbrett aufgebaut. Basti und sein Kontrahent setzten sich. Im Saal herrschte vollkommene Ruhe, trotz der vielen Menschen, die sich um den Tisch und die beiden Spieler versammelt hatten.

Es dauerte nicht sehr lange, da hatte Basti den Trainer matt gesetzt. Der Trainer streckte Basti dem Ritual zufolge die rechte Hand entgegen, welche Basti ergriff. Immer noch herrschte Stille, als der Trainer anfing zu sprechen: »Ich habe dich unterschätzt und erbitte eine Revanche.«

Basti antwortete in ebenso ruhigem Ton: »Gewährt.«

Schnell stellten die beiden ihre Figuren wieder auf und eine zweite Partie begann.

Man hätte eine Wanze husten hören können, so still war es auch diesmal im Saal, als sich alle Augenpaare auf das Schachbrett richteten, um den beiden ungleichen Spielern ein zweites Mal zuzusehen.

Auch diesmal verging nicht allzu viel Zeit, da hatte Basti die Partie gewonnen. Das Gesicht des Trainers war purpurrot angelaufen, ob vor Wut oder Scham war nicht auszumachen. Dennoch erhob er sich wieder von seinem Platz und bot Basti die Hand an. Immer noch hatten der gestandene Mann und der kleine Junge die volle Aufmerksamkeit der Anwesenden.

Bastian stand nun ebenfalls auf, ganz ruhig, als hätte Zeit keine Bedeutung in seinem Leben. Er ignorierte die dargebotene Hand des Gegenübers, sah ihm gelassen in die Augen und sagte in belanglosem, aber festem Ton: »Sie können gar nicht Schach spielen.«

Damit drehte er sich um und ließ den Mann, der seine Rechte langsam sinken ließ, einfach stehen.

Es folgte ein weiterer Moment völliger Geräuschlosigkeit, dann brandete tosender Applaus auf, der anhielt, bis der Trainer das Gebäude verlassen hatte.

Basti hatte in jeglicher Hinsicht gewonnen: Das Spiel und die Hochachtung der Umstehenden.

Ich war sehr stolz auf meinen geliebten Jungen, der diesen Choleriker souverän in seine Schranken verwiesen hatte. Wir sahen den Trainer nie wieder bei einem Turnier.

DIE GEISSLEIN

Ich gebe es gerne zu, ich bin manchmal ziemlich chaotisch. Dabei braucht Basti klare Ansagen. Ich wollte an diesem Tag einkaufen fahren.

»Ich gehe einkaufen und komme in zwei Stunden wieder.«

Eine klare Ansage, aber ich würde exakt in zwei Stunden wiederkommen müssen, sonst würde Panik ausbrechen. Basti könnte die Polizei rufen, Möbelstücke zerschlagen oder sonst wie austicken.

Ich beeilte mich daher, schnappte meinen Einkaufskorb, warf in aller Eile Geldbörse und Einkaufszettel hinein, verließ das Haus und schlug die Tür hinter mir zu. Als ich mein Auto aufschließen wollte, begann das Dilemma. Ich hatte meinen Schlüsselbund im Haus liegen lassen. Ich also zurück und geklingelt.

Nur wenige Sekunden später hörte ich Bastis Stimme etwas gedämpft durch das geschlossene Fenster im ersten Stock: »Wer da?«

Ich hatte ihm ja beigebracht, dass er Fremden die Tür nicht öffnen soll und rief fröhlich zurück: »Ich bin es!«

»›Ich‹ ist keine gültige Ansage. – Wer da?«

»Ich bin es«, wiederholte ich mich und fügte hastig hinzu, »deine Mutter!«

»Meine Mutter ist nicht da, die kommt erst in zwei Stunden wieder ... Wer da?«

Meine Stimme war nun nicht mehr ganz so fröhlich: »Ich bin es, deine Mutter, LASS MICH REIN!«

»Meine Mutter ist nicht da, die kommt erst in zwei Stunden wieder ... Wer da?«

Der kurze Eindruck eines Déjà-vu überkam mich und verflog sofort wieder.

»DEINE MUTTER!« Meine Stimme wurde lauter.

»Das sagten Sie bereits. Meine Mutter ist nicht zu Hause. Sie kommt erst …«

Ich unterbrach ihn, denn langsam verlor ich die Geduld.

»Ich hab meinen Schlüssel vergessen. Mach die Tür auf.«

»Meine Mutter hat gesagt, ich darf keinem Fremden die Tür aufmachen.«

»ICH BIN ABER KEIN FREMDER! ICH BIN DEINE MUTTER!«

Anscheinend hatte nun auch er begriffen, dass es wenig Sinn ergibt, ständig den gleichen Satz zu wiederholen: »Beweise?!«

Ich ergriff sofort diese Chance: »Mach das Fenster auf und beug dich heraus, dann siehst du mich.« Hoffnung machte sich in mir breit und wurde gleich wieder zerschlagen.

»Das ist ein Trick, damit Sie mich durch das offene Fenster überfallen können, darauf fall ich nicht rein.«

Tolle Logik! Ein neues Argument musste her: »Du erkennst mich doch an meiner Stimme!«

Und nun folgte der alles entscheidende letzte Ruf meines Sohnes, der mich die nächsten 110 Minuten auf der Treppe hat sitzen lassen: »Das hat der Wolf bei den sieben Geißlein auch gesagt!« Damit war die Diskussion beendet, denn Basti antwortete nun nicht mehr auf meine Zurufe oder mein Klingeln.

Ein Glück nur, dass der Tag warm war und ich mir auf der Treppe nicht auch noch den Hintern abfror.

Pünktlich nach der verabredeten Zeit klingelte ich erneut. Basti fragte, wer da sei und ließ mich sofort ins Haus, als ich mich als seine Mutter zu erkennen gab. Stolz berichtete er mir, sobald ich die Wohnung betreten hatte, dass ein Fremder dagewesen sei, der sich als seine Mutter ausgegeben hätte, dass er aber auf keinen Trick hereingefallen wäre und diesen Fremden nicht ins Haus gelassen hatte. Ich erklärte ihm, dass das tatsächlich ich war und kein Fremder.

»Aber du hast gesagt, du kommst in zwei Stunden wieder und die waren noch nicht um. Du hättest ja gleich sagen können, dass du schon nach wenigen Minuten wieder rein willst.«

Weitere Diskussionen wären im Leeren verlaufen, ich habe seitdem immer einen Schlüssel bei der Nachbarin hinterlegt.

TELEFON

So ein schnurloses Telefon ist schon eine praktische Sache. Man kann es in jedem Zimmer benutzen und es auch mal mit in den Garten nehmen. Wenn ich bei der Arbeit bin oder Bastian einen Anruf erwartet, könnte er es mit in sein Zimmer nehmen. Also entschloss ich mich beim Einzug in das Haus meiner Eltern, mir ein Funktelefon zuzulegen. Leider waren damals die Funktelefone nicht ganz billig. Bei der Telekom informierte man mich darüber, dass es ungefähr 250 D-Mark kosten sollte. Da mir dies zu teuer war, mietete ich das Telefon. Das hatte zudem den Vorteil, dass das Telefon auf Kosten der Telekom durch ein neues ersetzt werden würde, falls es kaputtgehen sollte.

So benutzten wir lange Zeit das Funkgerät. Im Radio und Fernsehen wurde in der Zeit immer wieder über die Lockerung des Datenschutzes und die Lauschangriffe von Seiten der Regierung berichtet. Mich interessierte das nicht sonderlich, da ich keine Gespräche führte, welche die Regierung nicht mithören durfte.

Basti verfolgte diese Nachrichten, wie auch alle anderen, täglich mit Spannung und erboste sich darüber, dass die Bundesagenten so viele Rechte haben. Doch solange wir keine Anschläge planten, keine Waffen oder Drogen handelten und uns an die Gesetze hielten, würden wir die Regierung sicher nicht besonders interessieren. Wir redeten in der Zeit viel über die Lauschangriffe und Basti fühlte sich nicht mehr sicher beim Telefonieren. Ständig glaubte er sich beobachtet und abgehört.

Als ich eines Tages von der Arbeit nach Hause kam, wartete Bastian bereits auf mich.

»Das Telefon geht nicht mehr.«

Natürlich wollte ich es sofort ausprobieren und nahm den Hörer ans Ohr. Doch anstatt des Freizeichens, vernahm ich nur ein hässliches Knacken und Rauschen in der Leitung. Ich war sehr verärgert, hatte es mir der Herr von der Telekom doch so sehr angepriesen und nun war das Telefon noch keine zwei Jahre alt und sollte schon kaputt sein?

Für Basti war das Telefon meist der einzige Kontakt zu anderen Menschen und ich musste schnell für Ersatz sorgen. Zum Glück hatten wir noch unser altes Telefon, das ich gleich anschloss und damit eine Notlösung schuf.

Sobald es mir meine Zeit in den nächsten Tagen erlaubte, wollte ich mich zur Telekom aufmachen, um das Telefon zu reklamieren. Wozu hatte ich schließlich den Mietvertrag?!

Eines Tages packte ich den gesamten Apparat in eine Stofftasche und machte mich auf zur Telekom. Verärgert erklärte ich dem zuständigen Verkäufer die Sachlage. Er testete das Telefon durch und ersetzte es tatsächlich, wie vereinbart, durch ein neues, als er sich überzeugt hatte, dass es wirklich nicht mehr funktionierte.

Zu Hause angekommen, schloss ich es gleich an und wir hatten ein neues Funktelefon. Leider waren durch den Austausch die gespeicherten Nummern verloren gegangen und ich war ein wenig verstimmt darüber, dass ich nun alle Nummern noch mal heraussuchen und neu einspeichern musste.

»Das Telefon ist kaputt.« Basti brüllte mir die Worte wenige Wochen später ins Ohr, als ich auf der Arbeit nach dem Klingeln den Telefonhörer abgenommen hatte.

»Wie kaputt? Du rufst mich doch an, also geht es doch.«

»Ich benutze ja auch der Oma ihr Telefon. Unseres ist kaputt, dieses SCHEISSDING!«

Oh Mann, war das vielleicht laut. Vor lauter Gebrüll konnte ich ihn kaum verstehen. Ich konnte nur versuchen, mit ihm ein normales Gespräch zu führen: »Geht es denn gar nicht mehr? Wie konnte das passieren?«

Anstatt eine sinnvolle Antwort von sich zu geben, wurde Bastians Tonfall noch eine Spur lauter: »Hörst du schlecht? ES IST KAPUTT, dieses Scheißding! Die von der Telekom gehören alle vergast, jawoll, eine Bombe sollte man da reinwerfen!!!«

»Aber, Bastian, beruhige dich doch endlich mal und schrei nicht so, ich versteh dich ja kaum.«

Doch der Junge war so aufgebracht, es war sinnlos, ihm ein vernünftiges Wort entlocken zu wollen: »Anzünden sollte man den Scheißladen. Eine Atombombe …«

Rasch fiel ich ihm ins Wort und versuchte es mit Humor: »Die Atombomben sind mir ausgegangen. Tut es auch eine einfache Handgranate?«

Endlich wurde er ruhiger. »Wie soll ich jetzt mit meinen Schachfreunden telefonieren? Hä? Wenn dieses Scheißdreckstelefon schon wieder kaputt ist?«

»Jetzt warte erst mal, bis ich zu Hause bin, dann schau ich mal nach.«

»Du brauchst gar nicht nachsehen, das Scheißtelefon ist kaputt, da gibt es nichts nachzusehen, das bekommst du auch nicht wieder hin. Wir brauchen ein neues, aber nicht wieder so ein Drecksding, das immer kaputtgeht.«

»Also gut«, gab ich mich geschlagen, »ich fahr gleich heute Nachmittag zur Telekom und hol ein neues. Und sag nicht immer ›Scheiße‹!«

»Ist gut, dann bis heute Mittag.« Bevor ich noch etwas sagen konnte, hatte er aufgelegt.

Zuhause angekommen stürmte ich gleich in unsere Wohnung hoch.

»Wo ist das Telefon?« Suchend schaute ich mich um, ich konnte es nirgends finden. Auch Basti verhielt sich merkwürdig still.

»Basti!« Ich versuchte es vor seiner Zimmertür.

»Ja, komm rein, was ist los?«

Ich betrat sein Zimmer. Er saß mit dem Rücken zu mir am Computer und spielte ein PC-Spiel.

»Wo ist das Telefon?«

»Das Drecksding habe ich aus dem Fenster geworfen.« OH-neiiin, das waren zwei Stockwerke. »Warum das denn?«

»Weil dieses Scheißding nur Ärger macht.«

»Wie konntest du es nur aus dem Fenster werfen? Ich wollte es doch zur Telekom bringen.«

»Ganz einfach, ich habe das Fenster aufgemacht und das Telefon hinausgeworfen.«

Hätte ich mir ja auch denken können. Ich hatte wohl mal wieder die falsche Frage gestellt. »Dann hol es wieder hoch.« Ich versuchte, wenigstens ein wenig Autorität erkennen zu lassen, doch vergeblich.

»Hol es gefälligst selbst hoch. Ich rühr das Scheißdreckstelefon nicht mehr an.« Seine Stimme hatte sich
schon wieder gehoben und ich sah zu, dass ich in den
Garten kam, bevor die Hasstirade auf die Telekom
wieder losging.

Da lagen sie also, die traurigen Überreste eines fast
neuen Telefons. Ich packte die Einzelteile in eine Tasche und machte mich wieder auf zur Telekom. Diesmal
war es mit dem Umtausch nicht so einfach. Der Verkäufer konnte zwar, ohne das Telefon zu testen, erkennen,
dass es kaputt war, aber dass dies ein Mangel von Seiten
des Herstellers war, konnte ich schlecht nachweisen.
Leider hatte ich den Mietvertrag über drei Jahre abgeschlossen und so konnte ich nur wieder ein identisches
Telefon mitnehmen – für 250 D-Mark. Schweren
Herzens bezahlte ich und brachte den neuen Apparat
mit gemischten Gefühlen nach Hause.

»Basti!«, rief ich gleich, nachdem ich die Wohnung
betreten hatte, »wenn das Telefon das nächste Mal
kaputt ist, dann wirf es bitte nicht wieder in den Garten.« In der Hoffnung, er habe mich verstanden, schloss
ich das Gerät an, suchte unsere wichtigsten Rufnum-
mern wieder heraus und programmierte es neu. Ich
konnte nur hoffen, dass das Telefon diesmal länger
halten würde.

Das Telefon funktionierte einwandfrei. Tage und Wochen vergingen, es lagen keine Beanstandungen vor und
ich vergaß den Ärger mit dem Funkgerät langsam
wieder. Vielleicht hatten wir ja wirklich das Pech gehabt,
zweimal hintereinander einen mangelhaften Apparat zu
erhalten.

Bis ich an einem Mittwoch von der Arbeit nach Hause kam. Bereits auf einer der unteren Treppenstufen hörte ich ein verdächtiges Knirschen unter meinen Schuhen. Ich war auf ein schwarzes Plastikteil getreten. Mir schwante nichts Gutes. Ein paar Treppenstufen weiter lag noch ein Stückchen Plastik, eine Batterie war dazwischen gekullert. Oje, das Telefon schien schon wieder kaputt zu sein. Aber vielleicht konnte man es ja wieder reparieren. Doch als ich dann das Gewirr aus Plastik und Kabeln auf dem Treppenabsatz sah, gab ich diese Hoffnung gleich wieder auf.

Langsam ging nun meine Geduld zu Ende.

»Basti!?« Ja, ich kann auch laut werden. »Basti!!!«

»Ja, was ist denn los?« Verschlafen kam er aus seinem Zimmer.

»Waaaaas ist mit dem Telefon passiert?«

»Das habe ich die Treppe runtergeworfen.« Die Rollen schienen sich vertauscht zu haben, ich schrie und Basti antwortete so ruhig, als würde es ihn gar nichts angehen. »Sonst noch was?«, fragte er und wollte sich schon wieder umdrehen, um in sein Bett zurückzugehen.

»Bleib gefälligst da!« Mühsam und hin- und hergerissen vom Bedürfnis nach Schlaf – nachmittags um 13.30 Uhr – und gehorsam mir gegenüber, drehte er sich wieder zu mir um. »Was ist denn los?« Seine Stimme klang so unschuldig und unbeteiligt, ich hätte ihn schütteln mögen.

»Was los ist, willst du wissen? Das Telefon ist kaputt. Und diesmal richtig. Warum hast du es die Treppe runtergeworfen?«

»Mama, deine Stimme klingt so gereizt.«

Hörte er mir überhaupt zu? Ich musste wohl erst noch lauter werden: »Meine Stimme klingt nicht nur gereizt, ICH BIN GEREIZT!«

»Dann setz dich hin und ruh dich erst mal aus.« Er wollte sich wegdrehen, um in seinem Zimmer zu verschwinden.

»Ich will jetzt SOFORT wissen, warum du das Telefon die Treppe hinuntergeworfen hast!«

»Du hast selbst gesagt, dass ich das Telefon nicht aus dem Fenster werfen soll.«

»Damit habe ich aber NICHT gemeint, dass du es die Treppe runterwerfen darfst.«

»Wo soll ich es denn dann hinwerfen?«

Verstand er eigentlich, wovon ich redete? Drückte ich mich etwa missverständlich aus? »Du sollst es nirgends hinwerfen. Hast du mich verstanden? Warum hast du das getan?«

Nun begann auch er zu schreien: »Diese Scheißdrecksding nervt nur! Die von der Telekom gehören alle vergast! Und die von der Regierung auch! Die stecken alle unter einer Decke!!!«

»Willst du damit etwa sagen, die Regierung sei schuld? Hat etwa die Regierung unser Telefon die Treppe runtergeworfen? Oder die Telekom? Ich will jetzt SOFORT wissen, warum du das Telefon kaputt gemacht hast!«

»Dieses Ding nervt nur. Daran ist nur die Regierung schuld. Die stecken mit der Telekom doch unter einer Decke. Atombomben sollte man da reinwerfen! JA! Vernichten sollte man sie alle! Diese Drecksamerikaner, die fangen auch immer nur Krieg an! Die wollen uns alle vernichten!« Seine Stimme war immer lauter geworden und sein Gesicht hatte eine ungesunde Röte angenommen.

Ich hatte langsam genug. »Jetzt kann ich schon wieder ein neues Telefon kaufen. Zweihundertfünfzig Mark hat das gekostet. Ich nehme das von deinem Sparbuch. Geh in dein Zimmer.« Diesmal hatte ich ihn getroffen.

»Ich brauche kein neues Telefon. Lass mein Sparbuch in Ruhe. Dieses Dreckstelefon ist eh ein Scheiß!« Damit verschwand er in seinem Zimmer und knallte laut die Tür hinter sich zu.

Ich schloss unser altes Kabeltelefon wieder an und wartete ein paar Tage ab. Meine Wut verrauchte nur langsam und immer, wenn ich das alte hässliche Ding benutzte, kochte der Zorn wieder hoch. Was war nur los mit Bastian? Ich konnte mir keinen Reim auf seine Zerstörungswut machen. Hatte er auch die ersten beiden Male das Telefon zerstört? Lag es etwa gar nicht an dem defekten Apparat? Hatte Basti nur mal wieder seine Wut an etwas auslassen müssen? Warum aber am Telefon?

Es nutzte alles nichts. Meine Fragen blieben unbeantwortet. Aus Basti war kein Wort zu seinem sinnlosen Zorn herauszubekommen. Ich musste wohl wieder zur Telekom gehen und die Einzelteile gegen ein komplettes Fernsprechgerät austauschen.

Schweren Herzens und voller Scham machte ich mich Tage später auf den Weg. Das Geld hatte ich tatsächlich von Bastis Sparbuch genommen. Es sollte ihm eine Lehre sein.

Zum Glück bediente mich bei der Telekom ein anderer Sachbearbeiter. So musste ich wenigstens nicht erklären, warum ich schon wieder da war. Der Mann war, wie auch sein Vorgänger, sehr freundlich und hilfsbereit, aber den neuen Apparat musste ich dennoch bezahlen. Weitere zweihundertfünfzig Mark wechselten den Besitzer. Diesmal speicherte ich gar nicht erst alle Nummern neu ein, wer weiß, wie lange das Telefon heil bleiben würde.

Ein neues Jahr begann. Die gute Deutsche Mark wurde in Euro umgewechselt und die Preise halbierten sich, auch die Preise für neue Telefone. Tolle Sache – doch die Löhne wurden auch halbiert und so blieb im Grunde alles beim Alten, nicht nur der Preis sondern auch der Verschleiß meiner Telefone. Vermutlich war mein Sohn heimlich mit einem Projekt beschäftigt, das es sich zur Aufgabe gemacht hatte, die Telekom zu sanieren – mit meinen Einkäufen!

Bastian hatte endlich begriffen, dass man Telefone nicht herumwirft, deshalb trampelte er das nächste Mal darauf herum. Nachdem wir mit der Zeit alle Möglichkeiten der Telefonzerstörung durch hatten, machte er sich daran, die Stabilität der Ladestation zu testen und – keiner hätte es vermutet – Ladestationen halten der Wut von Heranwachsenden auch nicht stand. Allerdings war sie nicht ganz kaputt, die Funkvorrichtung funktionierte noch, deshalb brauchte ich nur eine neue Ladevorrichtung und die war billiger als ein Telefon. Das sollte nun allerdings nicht bedeuten, dass ich darüber glücklicher war.

Eines Tages hatte ich Urlaub und war zu Hause. Viele Bekannte nutzten die Gelegenheit, mal wieder mit mir zu telefonieren und ich genoss es, dass mein Telefon mal nicht kaputt war. Zwischendurch kam auch ein Anruf, bei dem sich jemand verwählt hatte, der das große Elektrofachgeschäft in unserem Ort haben wollte.

Nachdem wenige Tage meines Urlaubs verstrichen waren, telefonierte ich mit Jana, meiner Freundin, die auch einen autistischen Sohn hat.

Da wir endlich mal wieder wirklich ausgiebig Zeit zum Telefonieren hatten, kamen wir irgendwann auch auf die Zerbrechlichkeit der modernen Kommunikationsapparate zu sprechen. Jana hatte es schon immer verstanden, durch gezielte Fragen den Dingen auf die Spur zu kommen. Sie war schon so etwas wie eine Fachfrau zum Thema »Autismus« – wie wohl viele Mütter mit einem autistischen Kind. Doch oft sieht man bei anderen die Dinge klarer, weil man objektiver sein kann.

Auf jeden Fall war Jana schon oft ein Segen für mich, so auch diesmal.

»Erinnere dich, hast du in letzter Zeit bedrohliche Anrufe erhalten?«

Ich erinnerte mich noch gut an das schlechte Gefühl, ein paar Jahre zuvor, als ich in den frühen Morgenstunden einen wirklich perversen Anruf bekommen hatte, und dass ich das gar nicht so gleichmütig nehmen konnte, wie ich immer geglaubt hatte, wenn ich so etwas im Fernsehen sah. Aber das war damals ein einmaliges Erlebnis gewesen und so verneinte ich Janas Frage.

»Waren sonst irgendwelche ungewöhnlichen Anrufe?«

Konzentriert dachte ich nach, konnte mich aber nicht erinnern. Ich dachte natürlich an solche Dinge wie Rauschen in der Leitung, hohe Pfeiftöne, unbekannte Tonsignale … kleine grüne Wesen mit Antennen auf den Köpfen … Dabei entschloss ich mich dann, vielleicht doch nicht so oft Mystery-Serien zu sehen.

»N… n… nein«, ich zögerte ein wenig, wer weiß schon, wie Aliens wirklich klingen?

»Hat sich vielleicht jemand verwählt?«

»Ja, aber was hat das damit zu tun?«

»Erzähl mal davon!«

Ich verstand nicht, worauf sie raus wollte. Ich hatte Jana aber als eine besonnene Frau kennengelernt und wusste, dass ihre Fragen einen bestimmten Zweck erfüllen sollten. »Na ja, gerade vor ein paar Tagen hat jemand angerufen und wollte mit der Computerabteilung verbunden werden. Ich dachte zuerst an einen Scherz, den ein Freund von Basti sich mit uns erlaubt, aber der Anrufer wollte wirklich die Computerabteilung vom Elektrogeschäft und nicht meinen computerverrückten Sohn.«

»Und?«

»Nichts ›und‹. Ich hab demjenigen erklärt, dass es sich um ein Missverständnis handelt und er hat sich entschuldigt und aufgelegt.«

»Sag mal«, Jana gab immer noch keine Ruhe, »hast du ein Telefonbuch griffbereit?« Ich ging zur Schublade und nahm das Telefonbuch zur Hand, da hörte ich schon Janas ruhige Stimme wieder: »Schau doch mal nach, was das Geschäft für eine Nummer hat.«

Ich schlug die entsprechende Seite auf und musste nicht lange suchen, denn der Fachhandel hatte eine halbe Seite des Telefonbuches belegt – in Großdruck. Ich starrte erstaunt auf die Anzeige. »Die haben ja genau die gleiche Nummer wie wir. Da ist nur eine 9 vor der Nummer.«

Langsam begriff ich, worauf Jana hinauswollte, da stellte sie auch schon beharrlich die nächste Frage: »Der Falschwähler kürzlich bei dir wird ja wohl nicht der einzige gewesen sein. Du kennst doch deinen Sohn – was passiert, wenn er so einen Anruf bekommt?«

Diesbezüglich konnte ich meinen Sohn wirklich genau einschätzen. Dieses Elektrogeschäft war eins seiner Lieblingsgeschäfte. Man bekam dort alles und was man nicht bekam, bestellten die freundlichen Verkäufer sofort und informierten einen sogar telefonisch, wenn der Artikel geliefert wurde. Zudem behandelten sie dort meinen Sohn höflich und mit Respekt, was nicht überall selbstverständlich ist. Es war eins der wenigen Geschäfte, in die mein Sohn ohne Begleitung ging, weil er sich dort wohl und sicher fühlte. So konnte ich also Janas Frage sehr überzeugt beantworten: »Er würde dem Anrufer höflich erklären, dass er sich verwählt hat und ihm vielleicht sogar die richtige Nummer raussuchen.«

»Und was passiert, wenn der Anrufer gar nicht nachfragt, sondern sofort seinen Irrtum bemerkt und einfach auflegt?«

Endlich begriff ich. Es war so einfach, ich Esel …

»Er würde Panik bekommen …«

»… und in der Panik bekommt er Wutanfälle und das äußert sich dann in Zerstörungswut …«

»… und dann macht er das Telefon kaputt.«

Gemeinsam hatten wir das Szenario zu Ende gesponnen und es war mir, als hätte man mir eine Decke von den Augen gezogen.

Wieder einmal war ich Jana sehr dankbar wegen der Besonnenheit, die sie an den Tag legte und ihrer ruhigen Art, meine Probleme anzugehen. Das sagte ich ihr und auch, wie gut es mir jedes Mal tut, mit jemandem zu reden, der nicht gleich mir die Schuld gibt oder meinen Sohn als bösen Jungen hinstellt, der gewalttätig und gemeingefährlich wirkt.

Wir redeten noch ein wenig über die Denkweisen der Menschen im Allgemeinen und Autisten im Besonderen und beendeten das Gespräch mit dem guten Gefühl, in der jeweils anderen eine Freundin gefunden zu haben, die einen auch mal in die Tiefen der menschlichen Psyche hinein begleitet.

Jana hatte sich schon oft als treue Freundin erwiesen und der Kontakt zu ihr stellte für mich eine der größten Erhörungen meiner Gebete dar, seit ich Christ geworden war, und als lebendiger Beweis für das Handeln Gottes in meinem Leben.

Ich hatte Jana tatsächlich kennengelernt, nachdem ich Christ geworden war und angefangen hatte zu beten, dass der Herr mir einen Menschen zur Seite stellt, der mir nicht nur hilft, sondern mich auch wirklich versteht. Eigentlich hatte ich bei diesen Gebeten an einen Mann gedacht, doch meist weiß der Schöpfer der Welt sehr viel besser als wir, was wirklich gut für uns ist, wenn wir unsere Angelegenheiten vertrauensvoll in Seine Hände legen. Und so hat Er mir in Jana nicht nur einen Menschen geschenkt, der mich versteht und mir hilft, sondern zudem noch ein Christ ist, und selbst Mutter eines Autisten. Wenn man nun bedenkt, dass es in Deutschland maximal fünf Prozent Christen gibt, bei denen Jesus Christus wirklich die Regie im Leben führt, und wenn man dann noch bedenkt, wie verschwindend gering der Prozentsatz der Mütter von Autisten in der deutschen Bevölkerung ist, von denen auch noch die wenigsten sich mit den verschiedenen Formen des Autismus beschäftigen und ihre Kinder fördern und betreuen, dann kann man vielleicht das Ausmaß des Wunders ermessen, das Jana für mein Leben darstellt.

Ich ließ mir unser Gespräch noch etwas durch den Kopf gehen und wartete einen Zeitpunkt ab, an dem keine seiner Lieblingssendungen im Fernsehen liefen und auch sonst keine wichtigen Dinge anstanden, die ihm durch den Kopf gehen konnten, bevor ich Basti darauf ansprach: »Basti, ich möchte dich mal was fragen.«

»Dann frag schon.« Er schlug bewusst einen gelangweilten Tonfall an, aber ich wusste, wie sehr er Fragen und die Beantwortung von Fragen liebt.

»Hat hin und wieder schon mal jemand bei dir fürs Elektroland angerufen?«

»Ja«, an seinem Eifer bemerkte ich, wie gern er sich mir nun mitteilen wollte, ich hatte also den richtigen Zeitpunkt für das Gespräch erwischt, »stell dir vor, die haben doch wirklich gedacht, wir wären das Elektroland.«

»Was hast du dann getan?«

»Na was schon?« Ich meinte ein klein wenig Stolz in seiner monotonen Stimme zu vernehmen. »Ich habe ihnen gesagt, dass sie sich wohl verwählt haben und ihnen die richtige Nummer gegeben.«

»Wo hattest du die denn her?«

»Ich musste doch damals, als ich wegen des PC-Spiels fragen wollte, selbst dort anrufen und seitdem weiß ich die Nummer. Stell dir vor«, nun hatte seine Stimme sogar einen leicht belustigten Unterton, »die haben fast die gleiche Nummer wie wir, nur mit einer Neun davor.«

Er schien wirklich gerade mitteilungsbereit und gut aufgelegt, deshalb wagte ich mich gleich weiter vor: »Sag mal, hat auch hin und wieder mal jemand einfach aufgelegt, wenn du dich gemeldet hast?«

Sofort verwandelte sich seine bisher so freundliche Stimme in ein schrill-zorniges Aufbrausen: »Diese Drecksäcke«, keifte er wütend, »diese Drecks-Amis mit ihren Lauschangriffen!!!« Seine Stimme wurde immer lauter, sein Gesicht verzerrte sich zu einer Maske der Wut und sein Kopf wurde knallrot. »Die haben nicht aufgelegt. Die haben sich nur nicht gemeldet und im Hörer geknackt, damit ich meine, sie hätten aufgelegt. Aber ich bin ja nicht blöd. Diese Schweine denken wohl, dass ich auf den Trick reinfalle, aber die wollen mich nur ausspionieren. Und ihr Drecks-Christen steckt mit ihnen unter einer Decke.« Dabei spie er jede Silbe einzeln heraus. Sein ganzer Körper war nun gespannt, sein Oberkörper wie zum Angriff leicht nach vorne gebeugt und seine Hände zu Fäusten geballt. Er war nun in Rage und ließ sich nicht mehr bremsen. Feindbild Nummer zwei – gleich nach den Amerikanern – waren zu der Zeit gläubige Christen.

Ich vermute, er hätte liebend gern mit handlich kleinen Atombömbchen nach mir geworfen, wenn ich ihn nicht wöchentlich mit Nudeln, Milch und all den anderen Dingen versorgen würde, die er mir aufträgt. Ganz zu schweigen von seinem Taschengeld.

»Hast du gesehen, was DEIN Drecks-Bush im Irak wieder macht?« Natürlich war er »MEIN Drecks-Bush«, immerhin ist er Mitglied derselben Kirche, der auch ich angehöre, was mich allerdings zu keinem Zeitpunkt stolz gemacht hat.

Ich war jetzt nicht in der Stimmung, mich über die Weltpolitik zu unterhalten, immerhin hatte er mir schon oft genug klargemacht, dass ich und meine Kirche schuld seien an der weltpolitischen Lage und dass man es nur der Schachelite zu verdanken hätte, wenn die Welt noch nicht völlig zerstört worden ist.

Ich unterbrach also seine Ausführungen und versuchte, mir Gehör zu verschaffen, indem ich nun auch meine Stimme erhob: »Und was hast du mit dem Telefon gemacht, als Bush versucht hat, dich abzuhören?«

»Das war nicht nur Bush …«, seine Stimme fing an sich zu überschlagen und sein Gesicht hatte eine ungesunde lila-rote Farbe angenommen, »unsere Drecksregierung steckt doch mit denen unter einer Decke und du …«, ich wich geschickt dem Zeigefinger aus, der plötzlich mit Wucht auf mich zuschoss, »… hast diese Schweine auch noch gewählt.«

»Ich habe gar nicht …«, wollte ich mich verteidigen, doch seine violett-rote Wut ließ keine andere Stimme zu.

»Jawohl, mit deiner Dreckskirche, IHR …« Diesmal war ich nicht schnell genug und der Zeigefinger traf meine linke Schulter »… IHR, IIIIHHHHHR seid doch alle für diesen Bush mit seiner Drecksregierung und IHR seid auch schuld, dass unser Telefon kaputt ist, anders kann man sich als anständiger Bürger ja schließlich nicht wehren.« Beim letzten Satz hatte er sich umgedreht und mit einem zornigen Knall die Tür hinter sich zugeworfen.

Ich wusste Bescheid. Das Telefonmysterium war endlich geklärt und ich atmete erst mal erleichtert die Luft aus, die ich seit der Zeigefingerattacke unbewusst angehalten hatte.

Am nächsten Tag marschierte ich dann zum hoffentlich letzten Mal zur Telekom. Der Berater war sehr freundlich zu mir und schien sich auch noch gut an mich zu erinnern. Kein Wunder, ich hatte den Laden wohl schon allein mit der Anzahl meiner Telefone saniert und ihm den Arbeitsplatz erhalten.

Ich erklärte ihm die Situation und bat ihn um eine neue Nummer. Ich muss sagen, die Telekom ist wesentlich besser als ihr Ruf, denn ich erhielt bereits am nächsten Tag eine Geheimnummer, die Lauschangriffe von Seiten der Elektrofachgeschäftskunden hörten auf und das Telefon ging nie wieder auf mysteriöse Weise kaputt.

KLEIDUNG

Ein Autist will keine Veränderung. Alles Neue, sei es ein Ortswechsel, ein Wechsel der Bezugsperson, eine andere Klobrille oder auch nur frische Bettwäsche, alles bringt seinen Alltag richtig durcheinander. Neuerungen verursachen Beklemmungsgefühle bis hin zu wahrer Angst. So verwendet Basti zum Beispiel nur »seine« Tassen. Ich habe ihm einen Satz von blauen Glühweintassen gekauft und er verwendet ausschließlich diese und keine andere Person darf daraus trinken. Er trinkt alles daraus: Kaffee, Tee und auch kalte Getränke. Er verwendet keine Gläser, sondern für jedes Getränk seine Tassen. Niemals trinkt er aus einem anderen Behältnis, es sei denn, er trinkt aus der Flasche. Dann darf aus dieser Flasche jedoch kein anderer trinken oder getrunken haben.

Besonders schrecklich ist es für ihn, sich an neue Kleidungsstücke zu gewöhnen. Ich bekam ihn schon als kleines Kind wesentlich leichter zum Zahnarzt als in einen Kleiderladen oder zum Frisör. Meist kaufe ich die Kleidung allein, um sie mit nach Hause zu nehmen und sie ihn in Ruhe anprobieren zu lassen. Ein wenig anstrengend ist das natürlich, ich muss die Kleidungsstücke, die ich in verschiedenen Größen mitnehme, zunächst einmal bezahlen, um sie dann einige Tage später, wenn sich rausgestellt hat, welche nicht passen, wieder in den Laden zurückbringen und mir mein Geld wieder ausbezahlen lassen.

Seine Schuhe trägt er meist so lange, bis sie so viele Löcher haben, dass sich die Sohle löst und er nicht mehr damit gehen kann. Ähnlich verhält es sich für die übrige Kleidung. Und weil er sich so schlecht an Neues gewöhnen konnte, kaufte ich ihm vor Jahren noch immer jeweils vier bis fünf identische Kleidungsstücke. Heute hat sich seine Einstellung zu neuer Kleidung etwas entspannt, aber als er sich noch im Wachstum befand und öfter neue Sachen brauchte, weil er rausgewachsen war, war es jedes Mal eine Katastrophe für ihn, etwas Neues anziehen zu müssen. Dann konnte es vorkommen, dass er tagelang splitterfasernackt durch die Wohnung lief, bis er am Freitagabend in seinen geliebten Schachklub wollte und ihm nichts anderes übrig blieb, als die neuen Kleider anzuziehen.

Während seiner Schulzeit kam es oft vor, dass er sich unterwegs, besonders wenn ihm fremde Personen begegneten, die neuen Kleidungsstücke auszog und wegwarf. Ich hatte manchmal Mühe, Lehrer oder Betreuer davon zu überzeugen, dass ich meinen Sohn im tiefsten Winter nicht barfuß und mit nacktem Oberkörper auf den Schulweg geschickt hatte. Bald war ich bei den Lehrern, der Schulbehörde, dem Jugendamt, Ärzten und Psychologen als »Rabenmutter erster Klasse« verschrien und es kam mehr als einmal vor, dass ich von irgendeiner Behörde vorgeladen wurde, um Stellung zu Bastis fehlender Kleidung zu nehmen. Manchmal schickte man mich dann zu einem Psychiater oder einem Psychotherapeuten, weil ich ja nicht richtig ticken konnte. Diese fragten mich dann ausgiebig aus, um anschließend wohl formulierte Briefe mit vielen exotisch anmutenden Begriffen und irgendwelchen Kürzeln ans Jugendamt zu schreiben und mehrfach die Empfehlung auszusprechen, meinen Sohn in eine Pflegefamilie zu geben, was aber nie geschah, denn ich weigerte mich hartnäckig und eine wirkliche Vernachlässigung konnte mir nicht nachgewiesen werden.

Bastian trägt auch seit Jahren keine Socken mehr, sondern schlüpft barfüßig in seine Halbschuhe, die er bei jeder Witterung trägt.

Eines Freitagabends, ich musste länger arbeiten, sollte mein Vater Basti in den Schachklub fahren. Es war Winter und bitterkalt, wie es bei uns auf der schwäbischen Ostalb nicht selten der Fall ist.

Als ich an diesem Tag von der Arbeit nach Hause kam, fing mich mein Vater ab. Er war sehr aufgebracht.

»Bastian wollte keine Socken anziehen. Also habe ich ihn wieder nach oben geschickt, weil ich ihn so nicht fahren wollte. Was denken denn die Leute, wenn er ohne Socken im Schachklub ankommt?«

Mir war es zu diesem Zeitpunkt schon herzlich egal, was andere Leute dachten, ich schluckte aber einen Kommentar hinunter. Meinem Vater war unser Ansehen bei anderen Leuten immer sehr wichtig und ich würde das nicht mehr ändern können.

Ich ging also hoch in unsere Wohnung, um den sockenlosen jungen Mann selbst die sechs Kilometer zum Schachklub zu fahren. Bereits als ich unsere Wohnung betrat, rief ich ihn: »Basti, komm, ich fahre dich zum Schach!« Ich erhielt keine Antwort und betrat sein Zimmer. Er war nicht da. Weder in seinem Zimmer noch in allen anderen Räumen unserer Wohnung konnte ich ihn finden. Mir schwante nichts Gutes und so ging ich wieder hinunter zu meinem Vater.

»Basti ist nicht da«, klärte ich ihn auf. »Was hast du denn genau zu ihm gesagt?«

Mein Vater dachte einen Augenblick lang nach, bevor er antwortete: »Ich hab zu ihm gesagt, dass ich ihn nicht fahre, wenn er keine Socken anzieht und dass er wieder gehen soll. Er muss also wieder hoch gegangen sein, aber das weiß ich nicht sicher.« Mein Vater klang ziemlich ärgerlich, sein Gesicht war rot angelaufen und so sagte ich gar nichts mehr, sondern ließ ihn in seinem Wohnzimmer sitzen und ging wieder in meine Wohnung. Ich konnte mir gut denken, was vorgefallen war und meine Befürchtungen bestätigten sich, als Basti gute zwei Stunden später anrief und mich bat, ihn abzuholen. Ich setzte mich gleich ins Auto und fuhr zu seinem Spiellokal, wo er bereits vor der Tür auf mich wartete, bei Eiseskälte – ohne Socken. Dankbar setzte er sich schweigend ins Auto.

Ich fuhr los und fragte ihn unterwegs: »Wie bist du denn in den Schachklub gekommen?«

»Ich bin natürlich gelaufen«, war seine knappe Antwort, in der ein Hauch von Stolz mitschwang.

»Warum bist du denn gelaufen?«, fragte ich weiter, konnte mir aber schon vorstellen, welche Antwort ich bekommen würde.

»Opa hat gesagt, dass ich gehen soll, also bin ich den Weg zum Schachklub eben gegangen.«

Ich konnte ihm das nicht mal verübeln, hat er doch lediglich den Befehl seines Großvaters ausgeführt, auch wenn dieser ganz anders gemeint war.

Eine andere Sache waren seine Jeans. Zu Hause trägt er Jogginghosen, wenn er aus dem Haus geht lieber Jeans. Zu jeder dieser Hosen hat er mehrere Pendants im Schrank hängen. – Schon allein die Sache mit dem Schrank ist ein Problem. Ich hatte, wenn er seine Kleidung wechselte, seine getragenen Jeans in den Schrank geräumt, damit sie nicht irgendwo herumlagen. Befinden sich seine Kleidungsstücke aber im Schrank und sind somit seinem Blickfeld entzogen, sind sie für ihn nicht existent. Lange Jahre hat er mich täglich bei der Arbeit angerufen, um zu fragen, wo seine Kleidung ist, obwohl sie immer an der gleichen Stelle im Schrank hing oder lag.

Nach unserem Einzug ins Haus meiner Eltern, kam er auf die Idee, seine Kleidung im Flur unserer Wohnung auszuziehen und auf den Boden zu werfen. Das hat sich eingebürgert und seitdem liegt also seine Kleidung im Flur. Der Nachteil ist, dass es sogleich beim Betreten der Wohnung schlampig aussieht und schon so mancher Besucher missbilligend die Stirn runzelte, der Vorteil, dass er mich nicht mehr täglich anruft. Dafür nehme ich gern in Kauf, dass sich eventuelle Besucher an dem Kleidungshaufen auf dem Boden stören könnten. Wenn ich seine Kleidung waschen möchte, stecke ich die getragenen Kleider in die Waschmaschine und lege ihm frische auf den Boden des Flurs.

Das klappt wirklich gut und meist merkt er gar nicht, dass er nicht mehr die gleiche Kleidung trägt, sondern dass die von mir heimlich gewechselt wurde. Voraussetzung ist natürlich, dass die neuen Kleidungsstücke mit den gebrauchten absolut identisch sind.

Seine Kleidung ist nicht billig. Besonders seine Jeans lasse ich maßfertigen, was bei seinem Übergewicht unbedingt nötig ist, denn in seiner Größe ist es sehr schwer, passende Hosen zu finden. Zudem weigert er sich, in einem Textilgeschäft neue Kleidung anzuprobieren. Die maßgeschneiderte Ware ist zwar sehr teuer, doch handelt es sich dabei um Qualitätsware, die nicht so schnell verschleißt. Da ich ihm stets die Hosen in mehrfacher Ausgabe anfertigen lasse, geht das ganz schön ins Geld. Er benötigt allerdings nur alle paar Jahre neue Hosen, also relativieren sich die Kosten.

Es ist einige Jahre her, da kam er eines Abends sehr aufgebracht aus seinem Schachklub. Der Vorstand hatte ihn nach Hause gefahren.

»Mama, meine Jeans hat ein Loch«, rief er bereits beim Betreten unserer Wohnung. Ich sprang aus dem Bett, ich hatte bereits geschlafen, als Bäckereifachverkäuferin muss ich früh raus. Ich schaute mir die Bescherung an. In Höhe seines rechten Oberschenkels befand sich ein langer Riss in seiner Jeans, die er noch gar nicht so lange hatte.

»Wie ist das denn passiert?«, wollte ich von ihm wissen.

»Da ragte an einem Türpfosten ein Nagel heraus und daran bin ich hängengeblieben«, klärte er mich auf und setzte gleich dazu: »Du musst meine Jeans reparieren.«

Der Riss war wirklich groß und ich hätte die Jeans lieber weggeworfen, obwohl sie ja nicht gerade billig gewesen war. Doch als ich dies meinem Sohn sagte, wehrte er sich dagegen: »Kommt gar nicht in Frage, ich möchte keine neue Hose. Du musst das irgendwie hinbekommen.«

Die beste Freundin meiner Mutter ist Schneiderin und ihr brachte ich am Tag darauf die zerrissene Hose, welche sie geschickt flickte. Sie bekam das wirklich prima hin, trotzdem war die Naht deutlich zu sehen. Basti war glücklich, hatte er doch »seine« Jeans wieder.

Worüber ich jedoch bei der ganzen Misere nicht nachgedacht hatte, war der Kleidungswechsel und wenige Tage später warf ich seine Jeans in die Wäsche und tauschte sie gegen eine andere aus seinem Schrank aus.

Doch als Basti sich anziehen wollte und mit dem rechten Bein in seine Hose schlüpfte, merkte er den Unterschied sofort. »Das ist nicht meine Hose«, stellte er empört fest. »Meine Hose ist genäht und diese hier ist ganz. Wo ist MEINE HOSE?«

»Die habe ich in die Wäsche getan«, antwortete ich ganz locker, »nimm die andere, das ist genau die gleiche.« Er hatte diese Hose schon so oft angehabt, ich sah überhaupt kein Problem, er jedoch sehr wohl.

»Das ist aber nicht MEINE HOSE. MEINE HOSE hatte einen Riss und den hat die Hanne genäht. Diese Hose hat keinen Riss. Also ist das nicht MEINE HOSE.« Er betonte jedes Mal »meine Hose« so sehr, dass es sich anhörte, als hielte er mich für taub oder begriffsstutzig.

»Das ist auch deine Hose. Du hast sie schon oft angehabt. Du hast fünf gleiche Hosen.« Ich versuchte, ihm die Sachlage zu erklären, aber ich kam nicht gegen seinen Dickschädel an.

»Unsinn! Ich weiß doch, welches MEINE HOSE ist! Meine ist die mit dem Riss. Diese Hose hat keinen Riss. Also ist es nicht MEINE HOSE. Ich will sofort MEINE HOSE wiederhaben.« Er redete mit mir wie mit einem kleinen unverständigen Kind, doch ich hatte ihn sehr gut verstanden. Ich wusste auch, dass nun jede weitere Diskussion überflüssig sein würde. Zum Glück war seine Hose – die mit dem Riss – schon fast trocken und ich holte sie ihm aus dem Trockenraum. Überglücklich zog er die Hose an. Ihn störte es nicht, dass sie noch ein wenig feucht war, zudem war Sommer. Er trug lieber seine feuchte Hose mit Riss als eine, die ihm seiner Meinung nach nicht gehörte und trocken war.

In der kommenden Zeit warf ich seine Hose nach dem Waschen immer in den Trockner, damit er sie noch am gleichen Tag wieder anziehen konnte. Bis diese Hose schließlich zu klein war, sodass ich sie wegwerfen und eine neue kaufen durfte, trug er nur diese.

Die nächste Hose wurde auch wieder maßgefertigt und diesmal kaufte ich sie nur in doppelter Ausführung, ich müsste also im Schadensfall nicht gleich vier Hosen ausrangieren.

WIE EIN WILDER STIER

Wenn ich Leuten erzähle, dass mein Sohn Autist ist, dann stelle ich immer wieder fest, wie wenig die Mehrheit meiner Mitmenschen darüber weiß. Die wenigen, die etwas wissen, haben aber auch oft ein völlig falsches Bild und das gilt nicht nur für den Durchschnittsmenschen, sondern auch für Ärzte, Psychiater, Therapeuten und Erzieher. Viele sehen im Geist einen Menschen vor sich, der stumm dasitzt und mit dem Oberkörper rhythmisch vor und zurück schaukelt. Ich kenne nur wenige Autisten, die diesem Bild entsprechen, auch Basti schaukelt nicht und er ist schon gar nicht stumm. Werde ich also gefragt, was denn Autismus bedeutet, dann antworte ich oft: »Ein Autist ist ein Mensch, der die Umwelt völlig anders wahrnimmt als andere Menschen.«

Doch was machen diese Unterschiede in der Wahrnehmung aus? Es könnte gut möglich sein, dass es auf der ganzen Welt keine zwei Menschen gibt, die die Welt genau gleich wahrnehmen. Oft werden autistische Züge als »Wahrnehmungsstörung« bezeichnet. Gestört sind aber meiner Meinung nach nicht die Autisten, sondern die Nichtautisten, denn erstere nehmen oft sehr viel mehr wahr als andere Menschen.

Es gibt Statistiken, die besagen, dass ein Autist bis zu 2,8-mal soviel sieht wie ein »normaler« Mensch, dass er also über einen Raubvogelblick verfügt, der das kleinste Detail, die kleinste Bewegung wahrnimmt. Oft können Autisten auch schärfer hören. Basti kann Geräusche vernehmen, die andere Menschen gar nicht bemerken oder deren sie sich nicht bewusst sind. So kann das entfernte Bellen eines Hundes für ihn sehr störend sein, während ich es gar nicht höre oder nur dann, wenn ich mich angestrengt darauf konzentriere. Für Basti ist aber auch ein LCD-Bildschirm ein Problem. Eines Tages war sein Monitor vom Computer defekt und er bekam von einem guten Freund einen LCD-Monitor geschenkt. Wir schlossen ihn an seinen PC an, als Basti sofort zu schreien und zu toben anfing: »Das Bild stimmt nicht, das sind Idioten, die so etwas erfunden haben.«

Was mit dem Bild nicht stimmt, habe ich nie erfahren, aber wir mussten den neuen Monitor zurückgeben und ich habe ihm im Internet einen alten Röhren-Monitor ersteigert. Auch einen alten Röhrenfernseher haben wir noch und ich möchte mir gar nicht ausmalen, was passiert, wenn der kaputt geht und wir keinen neuen mehr bekommen, weil fast nur noch LCD-Bildschirme produziert werden.

Stellen Sie sich folgende Situation vor: Sie stehen gemeinsam mit einem Gesprächspartner inmitten anderer Menschen. Sie reden miteinander, während um Sie herum sich verschiedene Menschengruppen ebenfalls angeregt unterhalten. Unser Gehirn ist in der Lage, die Stimme unseres Gesprächspartners aus den ganzen Hintergrundgeräuschen herauszufiltern und die anderen Gespräche fast auszublenden. So können Sie sich ganz auf Ihr Gespräch konzentrieren. Dieses Phänomen gleicht dem sogenannten Tunnelblick, nur betrifft es eben nicht den Seh-, sondern den Gehörsinn. Unser Gehirn macht das automatisch und es gibt sogar einen Fachbegriff dafür: der »Cocktailparty-Effekt«.

Der Gehörsinn, der bei uns Menschen automatisch die Sondierung eines Schalls – in unserem Fall eines Gesprächs – vornimmt, macht das bei Basti nicht. Er nimmt in einer Menschenmenge alle Geräusche gleich stark wahr und kann eine Stimme nicht mehr einer bestimmten Person zuordnen oder Hintergrundgeräusche von vordergründigen unterscheiden, was in ihm ziemliche Verwirrung und Unruhe anrichtet.

Vielleicht kennen manche von ihnen den Film »Rain Man« mit Dustin Hoffman und Tom Cruise in den Hauptrollen. Dustin Hoffman spielt den autistischen Raymond, Tom Cruise seinen gefühlsarmen Bruder Charlie, der Raymond – den er als Kind »Rain Man« nannte – das väterliche Erbe von drei Millionen US-Dollar abluchsen will. Er holt Raymond aus einem Heim, in dem dieser den Großteil seines Lebens verbracht hat und das für ihn zur vertrauten Umgebung geworden ist, um sich mit ihm auf eine Fahrt quer durch die Vereinigten Staaten zu begeben. Charlie möchte gemeinsam mit seinem Bruder die Strecke abkürzen und per Flugzeug zurücklegen. Raymond hat panische Angst vor dem Fliegen, er kennt alle Flugzeugabstürze mit Flugnummern und Anzahl der Todesopfer auswendig. Charlie nimmt ihn mit in einen Flughafen und Raymond bekommt wahnsinnige Angst. Seine Angst wird noch verstärkt durch den ungewohnten Ort und die ständigen Lautsprecherdurchsagen. Er zählt Flugzeugabstürze auf und nennt die Daten, die er im Kopf abgespeichert hat. Charlie versucht, ihn zu überreden, wird dabei immer lauter und man kann erkennen, wie sich die Angst Raymonds steigert. Beide schreien sich schließlich an und keiner hört dem anderen zu. Charlie packt seinen

Bruder am Arm und möchte ihn weiterzerren, da fängt der Autist an, sich zu wehren und laut zu schreien. Durch die Berührung Charlies erhielt er einen weiteren Reiz, diesmal auf körperlicher Ebene, und das ist dem überempfindlichen Mann zuviel.

Diese Szene finde ich großartig, hervorragend von den beiden Schauspielern interpretiert. Das Verhalten, wie es Hoffman darstellt, ist so typisch für einen Autisten, dass ich jedes Mal, wenn ich die Szene sehe, laut lachen muss. Charlie hat alles falsch gemacht, was man in so einer Situation falsch machen kann, und es gelingt ihm natürlich nicht, Raymond dazu zu bewegen, in ein Flugzeug zu steigen.

Mit Bastian komme ich oft in solche Situationen. Ich erinnere mich, dass wir vor Jahren gemeinsam beim Maibaumaufstellen hier im Ort waren. Basti wollte unbedingt mit. Es waren Bierbänke und -tische aufgestellt und ich hatte uns beiden je ein Getränk gekauft. Als ich die beiden Getränke an unserem Tisch abstellte, bemerkte ich, dass Basti immer aufgeregter wurde. Er fing an, laute Selbstgespräche zu führen, um die Umgebungsgeräusche zu übertönen. Basti zählte dabei allerdings keine Katastrophen auf, sondern repetierte aus dem Gedächtnis Schachpartien von den Weltmeisterschaften, was sich ungefähr so anhörte: »D2-d4, d7-d5, c2-c4, d5 schlägt c4, Springer g1-f3 verhindert e7-e5 ...«

Ich wusste, dass es nicht mehr lang dauern konnte, bis er richtig laut brüllen und vielleicht sogar um sich schlagen würde. Ich ließ also die beiden unangetasteten Getränke auf dem Tisch stehen und sagte in einem ruhigen Befehlston zu Basti: »Wir gehen.«

Er stand augenblicklich auf und trottete mir hinterher. Wir verließen das Fest und mit der räumlichen Distanz zu den vielen Menschen wurde Basti immer ruhiger.

Einmal mussten wir in einem überfüllten ICE unsere reservierten Plätze und das Bahnabteil verlassen und verbrachten fast die gesamte Fahrt von Berlin nach Nürnberg auf der Treppe sitzend, weil Basti die vielen Menschen und Gespräche im Abteil nicht ertragen konnte.

Schlimm werden solche Situationen meist dann, wenn niemand da ist, der ihn aus so einer Situation herausbefehlen kann, oder wenn es keine Ausweichmöglichkeit gibt, wie zum Beispiel in einer überfüllten Regionalbahn. Dann kann er richtig laut und aggressiv werden.

Während seiner Schulzeit geriet er sehr oft in solche Stresssituationen, nämlich meist in der großen Pause auf dem überfüllten Schulhof. Dort kam es immer wieder zu folgenden Szenen:

Die Schüler standen in Gruppen zusammen und unterhielten sich. Dabei erhob auch schon mal einer seine Stimme. Ungefiltert nahm Basti jede einzelne Stimme auf und konnte sie bald nicht mehr zuordnen. In diesem Fall sonderte er sich dann von seinen Klassenkameraden ab und suchte sich einen ruhigeren Winkel des Schulhofs. Doch oft war kein ruhiger Platz zu finden, also verließ er zu Beginn seiner Schulzeit den Pausenhof ganz und lief nach Hause. Da man ihn nach der Pause im Klassenzimmer vermisste und nach ihm suchen musste, verstärkte man schließlich die Wachen an den Ausgängen und nahm ihm damit seine letzte Fluchtmöglichkeit. Also gebrauchte er seine zweitliebste Fluchtmöglichkeit und zog sich in sich selbst zurück, indem er laute Selbstgespräche führte. Fachärzte, die sich auf Autismus spezialisiert haben, erklärten mir, dass er das macht, um sich selbst in einer Menschenmenge besser wahrnehmen zu können. Ich weiß nicht, ob das so ist und ob man sich mithilfe von Selbstgesprächen in einer Menschenmenge schlechter oder besser wahrnimmt, doch Bastis Monologe werden mit steigendem Geräuschpegel immer lauter und hektischer. So geschah es oft, dass er die Aufmerksamkeit der anderen Schüler auf sich zog und diese begannen, ihn damit zu hänseln. Wenn sie ihm dann zu nahe kamen oder sogar anfingen, ihn zu schupsen, konnte es passieren, dass er blind um sich schlug. Dabei ging hin und wieder auch mal etwas kaputt. Zweimal zerriss er dabei die Kleidung seiner Angreifer und mehrfach bekamen sie blaue Flecken oder stürzten zu Boden. Meist wurde ihm dann die Schuld gegeben, weil die Schüler gegen ihn zusammenhielten und ihn der Aggressivität beschuldigten, und er flog aus der Schule. Insgesamt flog Basti fünf Mal aus einer Schule, meist aus dem Grund, weil er jemanden tätlich angegriffen hatte. Jetzt könnte man meinen, ich hätte Routine darin bekommen, aber dem ist nicht so. In manchen Situationen bekommt man wohl nie Routine, auch wenn etwas immer und immer wieder gleich abläuft. Bei mir spielt sich dann oft eine ganze Bandbreite von Gefühlen ab: Trauer, Wut, Frustration, Resignation und das Gefühl, nicht verstanden zu werden und ausgegrenzt zu sein.

Dieses Gefühl der Ausgrenzung begann schon, als Basti in den Kindergarten ging. Auch dort verursachten die anderen Kinder in ihm Stress und Angst. Daher zog er sich oft von den anderen zurück, wollte nicht mit ihnen spielen und zerstörte ihre Gebilde aus Bauklötz-chen. In der ganzen Kindergartenzeit hatte Basti nur einen einzigen Freund, der sich mit ihm abgab.

Wir hatten einen denkbar schlechten Ruf, Basti galt als ungezogenes, aggressives Kind und ich – als Alleiner-ziehende – als unfähig, mein Kind anständig zu erzie-hen. Dass er Autist ist, wurde erst 1996 diagnostiziert, da war er bereits zehn Jahre alt. So war Bastis Kinder-gartenzeit auch für mich sehr schwer und ich bekam keinen Kontakt zu den anderen Müttern. Das Gegenteil war der Fall. Es gab immer wieder Abende im Kinder-garten, an denen sich die Mütter trafen, um für die Kinder gemeinsam zu basteln, beispielsweise einen Drachen, Laternen oder Weihnachtsschmuck. Dabei saßen die Mütter meist an Sechser- oder Achter-Tischen. Setzte ich mich an einen leeren Tisch, blieb ich dort allein und setzte ich mich an einen Tisch, an dem bereits ein paar Mütter saßen, passierte es mir auch schon mal, dass sie sich demonstrativ wegsetzten, als hätte ich eine ansteckende Krankheit. Das empfand ich als sehr verletzend und es hat mich so manche Träne gekostet.

Aber zurück zur Schulzeit. Basti hat also eine wahre Odyssee durch verschiedene Schulen hinter sich. Es gab Schulleiter, die sich weigerten, ihn an ihrer Schule zuzulassen. Dann musste er zu Hause warten, bis ich endlich eine neue Schule gefunden hatte, die bereit war, ihn weiter zu unterrichten. Es gibt Schulen, die auf schwierige Schüler ausgerichtet sind und die bereit gewesen wären, ihn aufzunehmen, dabei handelt es sich um Internatsschulen, die oft mehrere hundert Kilometer entfernt sind. Doch ich war nicht bereit, meinen Jungen, der den normalen pubertären Loslösungsprozess vom Elternhaus noch nicht abgeschlossen hatte, auf ein Internat weit weg von seinem Heimatort und seiner vertrauten Umgebung zu geben. Ich habe so lange und hart gekämpft, bis ich die Genehmigung bekam, dass mein Sohn ausschließlich durch einen Privatlehrer unterrichtet werden durfte. Das war in Baden-Württemberg ein absoluter Ausnahmefall und noch nie da gewesen, weshalb extra das Schulgesetz geändert werden musste, um einen Präzedenzfall zu schaffen. Insgesamt habe ich zweimal eine Änderung des Schulgesetzes erkämpft, um meinem Sohn und anderen Schülern, die ebenfalls aus verschiedenen Gründen keine Regelschule besuchen können, einen Abschluss zu ermöglichen. Bewirken konnte ich das auch, weil der Landesverband »Autismus Stuttgart e. V.« sowie andere Behindertenverbände hinter mir standen.

Wird ein Schüler durch einen Privatlehrer unterrichtet, so kann er an einer sogenannten Schulfremdenprüfung teilnehmen. Dies ist eine normale Prüfung, an der er als externer Schüler gemeinsam mit den Schülern einer Schule teilnehmen muss. Die Sache hat allerdings einen Haken und der besteht darin, dass der externe Schüler zunächst nur die Hauptschule abschließen kann und nicht eine höhere Schule. Zudem wird der Schüler nicht nur in den Hauptfächern geprüft, sondern auch in verschiedenen Nebenfächern. Es gibt Fächer, in denen er sich prüfen lassen muss und andere, die er freiwillig wählen kann. Freiwillig wollte Basti die Prüfungen in Religion und Englisch ablegen. Wir fanden eine Lehrerin, die nicht weit von uns wohnt und die bereit war, ihn in den verschiedenen Fächern auf die Prüfung vorzubereiten. Ausnahme war dabei das Fach »Religion«, in dem ich ihn selbst unterrichten sollte. Dies fiel mir nicht sonderlich schwer und er erhielt die Prüfungsnote von 1,2.

Er ging nun jeden Tag von Montag bis Freitag zwei Straßen weiter zu der Lehrerin, die ihn in ihrer Wohnung im Arbeitszimmer unterrichtete. Doch bald gab es ein Problem. Bereits nach der ersten Geschichtsstunde kam er aufgebracht nach Hause.

»Stell dir vor, die Frau hat doch tatsächlich behauptet, dass die Erde durch einen Urknall entstanden ist. Dabei weiß doch jedes Kind, dass Gott die Erde erschaffen hat«, berichtete er. Dabei betitelte er die Lehrerin mit »die Frau«, was er immer dann macht, wenn er sich von jemandem distanzieren möchte. »Und weißt du, was der absolute Hammer ist?«, fragte er mich und redete weiter, ohne eine Antwort abzuwarten: »Da sagt die doch glatt, dass es Millionen Jahre gedauert hätte, bis es Menschen gegeben hat und nicht nur sechs Tage. Es heißt aber doch Schöpfungsgeschichte und Evolutionstheorie, was ja bedeutet, dass das eine Geschichte ist und damit Fakt und das andere nur Theorie. Zu der Frau geh ich nicht mehr, die mir eine Theorie als Geschichte unterjubeln möchte. Die denkt wohl, ich bin doof.«

Ich verhandelte mit ihm, dass ich ihn nun auch in Geschichte unterrichten würde und er zu den anderen Unterrichtsstunden weiter zu der Lehrerin gehen sollte. Damit war er zum Glück einverstanden und es war einer der wenigen Entschlüsse in seinem Leben, den er bereit war zu ändern. Ich rief die Lehrerin an und teilte ihr diese Abmachung mit. Sie war sehr aufgeregt am

Telefon und ihre Empörung steigerte sich noch, als ich ihr sagte, dass ich Bastis Ansichten der Erdentstehung teile. Doch ihre Entrüstung war mir ziemlich egal und so kam es, dass ich Basti in zwei Fächern allein unterrichtete.

Die Hauptschulabschlussprüfung fand in einer Schule hier im Ort statt. Wenige Tage vorher ging ich zum Vorgespräch mit dem Rektor und dem Klassenlehrer, mit dessen Klasse Basti gemeinsam die Prüfung ablegen sollte. Die beiden erklärten mir den Prüfungsablauf und gaben mir ein Schreiben mit, aus dem hervorging, wann die verschiedenen Fächer geprüft werden sollten. Ich nutzte diese Gesprächsgelegenheit auch, um den beiden Herren zu erklären, dass Basti unter gar keinen Umständen mit den anderen Schülern in den Pausenhof dürfe.

Damit war dann alles Wichtige besprochen und die Prüfungen konnten beginnen. Zu den Terminen fuhr ich Basti zur Schule und holte ihn danach wieder ab. Das klappte richtig gut. Basti fiel nicht weiter auf, brillierte höchstens mit seinem Wissen und war sogar bei den anderen Prüflingen beliebt, die sich nach den Prüfungsstunden oft von ihm die Lösungen erklären ließen.

Bastian liebt Prüfungssituationen und so blieb er ruhig und war gut aufgelegt.

Das ging alles gut bis zum letzten Prüfungstag. An diesem Tag wurde Englisch geprüft. Man hatte diese Prüfung auf den letzten Tag gelegt, weil es kein Pflichtfach war. Ich brachte Basti am Morgen zur Schule und er verabschiedete sich fröhlich von mir. Die Prüfung fand in zwei Teilen statt. Am Vormittag war ein Diktat zu schreiben und nach der großen Pause fand ein Multiple-Choice-Test statt.

Gegen 9.30 Uhr klingelte das Telefon. Am anderen Ende war der Rektor und er klang sehr aufgebracht und hektisch: »Holen Sie bitte sofort Ihren Sohn ab, ich glaube, er dreht gerade durch.« Ich fragte nicht lange nach und fuhr sofort los, während ich überlegte, was denn nur passiert sein konnte, dass Basti »durchgedreht« war. Es kamen ja fast unendlich viele Möglichkeiten in Betracht, die Basti zum Durchdrehen bringen konnten. Ich musste mich sehr zusammenreißen, um ruhig und besonnen das Auto zur Schule zu lenken. Ich parkte meinen Wagen auf dem ersten freien Parkplatz, rannte über den Schulhof ins Gebäude und zum oberen Stockwerk hinauf. Auf dem oberen Treppenabsatz standen der Rektor und zwei mir unbekannte Lehrer. Sie schienen verwirrt und atmeten sichtbar auf, als sie mich erblickten. Wortlos deutete der Rektor in den angrenzenden Gang, der zu Bastis Schulzimmer führte. Oben angekommen, sah ich endlich, was los war und was die Männer so verunsicherte.

Basti stapfte wie ein wütender Stier hin und her, von einem Ende des Ganges zum anderen. Den knallroten Kopf hatte er zwischen die Schultern gezogen und sein Blick ging starr zu Boden. Er schien nichts mehr um sich herum wahrzunehmen als nur seine stumme Wut. Hin und wieder schnaubte er vor sich hin und erinnerte mehr und mehr an einen Stier in einer Arena, der versucht, einen unsichtbaren Torero mit seinen Hörnern aufzuspießen.

Ich schaute ihm kurz zu, wie er durch den Gang stapfte, und erkannte, dass keine unmittelbare Gefahr von ihm ausging. Wir durften ihn jetzt nur nicht ansprechen. Ich zwang mich dazu, leise und ruhig zu sprechen, als ich mich an den Rektor wandte: »Was ist geschehen?«

Der Rektor antwortete ebenso beherrscht und leise: »Er hat nach einem Lehrer geschlagen.«

Es war mir ein Rätsel, wie das geschehen sein konnte. »Wie kam es dazu?«, bohrte ich also nach. Trotz meiner eigenen Verunsicherung und Frustration zwang ich mich, weiterhin ruhig zu bleiben. Was mein Sohn nun am wenigsten gebrauchen konnte, war eine Mutter, die aufgeregt, zornig oder hysterisch reagierte.

Einer der beiden Lehrer fing an, leise murmelnd eine Erklärung anzugeben: »Es war in der großen Pause auf dem Schulhof. Da wurde er plötzlich sehr laut und führte Selbstgespräche. Dabei ratterte er irgendwelche Zahlen und Buchstaben herunter. Als er immer lauter wurde, redeten die anderen Schüler auf ihn ein, um ihn zu beruhigen. Aber das machte ihn dann irgendwie wütend und er fing an laut zu brüllen. Ich war in der Nähe und habe das mitbekommen. Also lief ich zu ihm und wollte ihn beruhigen. Als ich ihn am Arm fasste, schlug er wild um sich und fing an, mich zu beschimpfen. Ich konnte ihm so gut es ging ausweichen und so traf er mich nur leicht am Brustkorb. Er war äußerst aggressiv und tobte wie ein Irrer.«

Das konnte ich mir nun richtig gut vorstellen, immerhin kannte ich meinen Sohnemann und seine Wutausbrüche zur Genüge. Indem ich das Gebaren meines Sohnes nun verstand, wurde ich auch wesentlich ruhiger. Bevor ich allerdings nachfragen konnte, wie es denn dazu gekommen war, dass Basti sich nun im obersten Stockwerk befindet, ergriff der andere Lehrer das Wort:

»Zufällig kenne ich Ihre Mutter und es ist noch gar nicht lange her, da hat sie mir von ihrem Enkel und seinen Aggressionen erzählt. Sie sagte mir, dass Sie in einer solchen Situation meist ruhig zu ihm hingehen und ihm mit fester Stimme den Befehl erteilen, Ihnen zu folgen, und dass er das dann auch macht. Als ich mitbekam, wie Basti um sich schlug, bin ich zu ihm hin und habe nur zu ihm gesagt: ›Bastian, komm mit mir mit‹ Er kam auch sofort mit und lief hinter mir her bis in dieses Stockwerk. Ich dachte, er hätte sich beruhigt, aber er ging nicht wieder in sein Prüfungszimmer zurück, sondern läuft seitdem wie ein Irrer in diesem Gang hin und her. Natürlich haben wir sofort den Rektor gerufen, aber keiner von uns weiß, was wir nun tun sollen.«

»Sie haben vollkommen richtig gehandelt«, lobte ich den Lehrer und fügte hinzu: »Im Moment können Sie allerdings gar nichts machen. Es war gut, dass Sie ihn bis jetzt in Ruhe gelassen haben.« Ich wusste, dass jeder weitere Versuch der fremden Männer, ihn in seinem unsichtbaren Stierkampf zu stören, ihn nur noch mehr in Rage versetzt hätte. – Mich interessierte indes etwas anderes viel mehr als das Stierschnauben meines Sohnes.

»Wie kam es überhaupt dazu, dass er auf dem Pausenhof war?« In meiner Stimme schwang ein leichter Vorwurf mit.

Der Rektor setzte zu einer Erklärung an: »Er ging so ruhig und souverän mit seinen Mitschülern um, da dachten wir, wir können ihn ohne Weiteres mit ihnen zusammen in der großen Pause auf den Schulhof lassen.«

»Haben Sie denn in unserem Vorgespräch meine Aussage, dass er auf keinen Fall auf den Pausenhof darf, nicht verstanden? Ich dachte, ich hätte mich klar und deutlich ausgedrückt. Dachten Sie denn, ich hätte das gesagt, um Sie oder ihn zu schikanieren? Ich weiß sehr wohl, wovon ich rede, wenn es um Bastian geht.« Ich war nun richtig ärgerlich geworden.

Der Rektor versuchte sich noch einmal in einer Erklärung: »Ihr Sohn war doch die ganzen Prüfungstage hindurch ruhig und unauffällig. Er hat sich sogar ganz gut mit den anderen Prüflingen verstanden, die ihn wegen seines Wissens und seiner Ruhe bewundert haben. Deshalb dachten wir, wir können ihn mit den anderen zusammen in die Pause gehen lassen, sonst sitzt er ja jedes Mal mutterseelenallein im Klassenzimmer, wenn die anderen an der frischen Luft sind.«

Dieser Gedanke war für mich zwar nachvollziehbar aber dennoch völlig unverständlich. »Ich dachte, ich hätte mich klar und deutlich ausgedrückt«, wiederholte ich mich und setzte hinzu: »Doch nun ist es eben so, wie es ist. Wie soll es denn nun weitergehen?«

Der Rektor antwortete mit einer Gegenfrage: »Können wir ihn denn irgendwie dazu bringen, die Prüfung zu beenden?«

Für mich war die Sachlage klar, denn es gab nun nur noch eine Möglichkeit, mit dem immer noch wutschnaubenden Stier umzugehen: »Nein, das geht heute überhaupt nicht mehr. Ich werde ihn nun mit nach Hause nehmen, damit er sich erst mal beruhigen kann. Sie sehen doch, dass er total aufgeregt ist.«

Dem Rektor schien die ganze Angelegenheit sehr peinlich zu sein, denn so einfach, wie ich mir das vorstellte, war es nicht. »Wir haben dann aber ein Problem«, fing er an zu reden, »er hat ja nun den ersten Teil der heutigen Prüfung bereits abgelegt. Wenn er nun nicht weitermacht, können wir den zweiten Teil leider nicht mehr werten. Das bedeutet, dass wir nur den ersten Teil benoten können, für den zweiten Teil aber eine Sechs fällig wäre. Damit stünde er in Englisch auf einer 3,5, vorausgesetzt er hätte im ersten Teil eine Eins. Damit hätte er dann im Zeugnis eine Vier, es sei denn, er würde sich noch mündlich prüfen lassen, um sich auf eine Drei zu verbessern, aber mehr wäre nicht drin.« Er machte eine kleine Gedankenpause, um mir dann noch eine andere Möglichkeit aufzuzeigen: »Wir könnten natürlich auch die Englischprüfung gar nicht werten, dann würde sich seine Durchschnittsnote im Abschlusszeugnis nicht verschlechtern. Allerdings könnte er dann die Mittlere Reife nicht mehr nachmachen, denn um zu dieser Prüfung zugelassen zu werden, braucht er eine Prüfungsnote in Englisch in der Hauptschulabschlussprüfung.«

Ich hatte nun also die Entscheidung zwischen Not und Elend. Es musste einen Ausweg geben. Ich hatte nicht so lange um eine Schulbildung für Basti gekämpft, um jetzt die Segel zu streichen. Nachdenklich schaute ich meinem Sohn zu, der zwar immer noch wütend durch den Gang wanderte, dessen Gesichtsfarbe sich aber langsam wieder normalisiert hatte. Ich spielte blitzschnell in meinem Kopf die Möglichkeiten durch und hatte plötzlich eine neue Idee: »Nun nehmen wir doch einfach mal an, Basti wäre krank geworden und hätte heute an der Prüfung nicht teilgenommen. Wie würde sich das denn in diesem Fall auswirken?«

Der Rektor schien zu begreifen, worauf ich hinaus-wollte und erklärte mir nun diesen Fall: »Dann könnte er die Prüfung an einem Nachholtermin ablegen.«

Na also, die Lösung war gefunden. »Na, dann tun wir doch einfach so, als sei er für heute krank gemeldet.«

So einfach war das für mich, doch wieder einmal machten mir die Schulgesetze einen Strich durch die Rechnung, der Rektor holte mich gleich wieder auf den Boden der Tatsachen zurück: »Er ist aber nicht krank.«

Ich konterte: »Würden Sie sein momentanes Verhalten etwa als gesund bezeichnen?«

Der Blick des Rektors, der nun meinen Sohn anschau-te, sprach Bände und ich erhielt auf diese Frage keine Antwort. Doch er lenkte endlich ein: »Dann müsste ich das aber in den nächsten zwei Stunden wissen, um es dem Schulamt melden zu können. Basti müsste sich also schnell entscheiden, ob er den Nachholtermin wahr-nehmen möchte.«

Ich kannte meinen Sohn und wusste, dass die Aussich-ten relativ schlecht standen, eine solche Entscheidung in so kurzer Zeit zu treffen und teilte das dem Rektor mit: »Er wird sich zu Hause erst einmal zurückziehen, um sich zu beruhigen. Ich befürchte, dass ich innerhalb der nächsten zwei Stunden nicht mit ihm darüber reden kann. Vielleicht wird er den ganzen Tag lang nicht mehr ansprechbar sein. Ich werde Ihnen morgen früh bis neun Uhr Bescheid geben.« Ich hatte einen endgültigen Ton in meine Stimme gelegt, der den Rektor aber nicht sehr zu beeindrucken schien, denn er wiederholte seine Aussage mit mehr Nachdruck:

»Wir müssen das aber heute noch dem Schulamt mel-den, das habe ich Ihnen doch gerade erklärt.«

»Und ich habe Ihnen gerade erklärt, dass wir das heute nicht mehr entscheiden können. Also lassen Sie sich eben etwas einfallen. Immerhin liegt der Fehler ja bei Ihnen, ich hatte Ihnen klar und deutlich gesagt, dass Basti UNTER KEINEN UMSTÄNDEN auf den Schulhof darf.« Ich kann ganz schön energisch werden, wenn es um meinen Sohn geht und so versuchte ich, dem Rektor auf die Sprünge zu helfen: »Melden Sie ihn meinetwegen krank und teilen Sie uns den Nachholtermin mit. Wenn er sich entscheidet, die Prüfung nicht zu wiederholen, können Sie immer noch den ersten Teil werten oder die Prüfung als ›nicht teilgenommen‹ werten. – Ich fahre jetzt auf jeden Fall mit Basti nach Hause und gebe Ihnen morgen früh bis neun Uhr Bescheid.«

Das war mein letztes Wort und ohne eine weitere Antwort abzuwarten, machte ich ein paar Schritte auf Basti zu und erteilte ihm den ruhigen Befehl: »Basti, komm, wir fahren nach Hause.« Sofort unterbrach mein Stier sein wütendes Schnauben und folgte mir lammfromm an den drei Männern vorbei die Treppen hinunter.

Auf der Fahrt redeten wir kein Wort miteinander. Basti saß ruhig neben mir und starrte vor sich hin. Zuhause zog er sich sofort auf sein Zimmer zurück und ich ließ ihn den Rest des Tages in Ruhe.

Erst am nächsten Morgen wagte ich mich zu ihm und unterbreitete ihm die neue Möglichkeit: »Es ist nichts passiert. Wenn du möchtest, kannst du die Englischprüfung an einem anderen Tag wiederholen. Ich muss aber bis neun Uhr in der Schule anrufen und Bescheid geben. Keiner gibt dir die Schuld für den Murks, der gestern gebaut wurde.«

Basti nahm diesen Rettungsring dankbar an und konnte die Englischprüfung wenige Tage später noch einmal ablegen.

Basti hat die Prüfungen als Bester seines Jahrgangs abgeschlossen und ich erhielt bei der Zeugnisbesprechung ein Lob, dass ich ihn in Geschichte und Religion so gut unterrichtet hatte.

BLAUE FLECKEN

Neben seinen Selbstgesprächen, um seine Angst zu bekämpfen und sich von einer Stresssituation abzulenken, ist es für Basti auch eine Möglichkeit, etwas zu zerstören oder aus dem Fenster zu werfen. Beides habe ich bereits beschrieben. Doch er hat noch eine dritte Möglichkeit für sich entdeckt, die für Autisten gar nicht so selten ist. Es ist vielleicht sogar ein Phänomen, dass viele Autisten, obwohl sie sich nie kennengelernt und ausgetauscht haben, auf dieselben Stressbewältigungsmittel zurückgreifen.

Wir alle kennen den Begriff, jemandem einen »Halt geben«, denken aber oft gar nicht darüber nach, wie man Halt gibt oder wie der andere Halt bekommt.

Mit einem Autisten an der Seite, bekommt dieser Begriff für die jeweilige Bezugsperson eine ganz neue Bestimmung, obwohl dies Verhalten vielleicht gar nicht so neu ist.

Wenn ein kleines Kind mit seiner Mutter in einer fremden Umgebung oder unter unbekannten Menschen ist und dies ihm Angst macht, sucht es oft die Nähe der Mutter und klammert sich an ihre Beine oder umschlingt mit seinen Armen die Hüfte der Mutter und drückt sich eng an sie. Doch wenn das Kind größer ist, wird diese Geste irgendwann peinlich – spätestens dann, wenn es in die Pubertät kommt. Die Pubertät hat nicht nur körperliche Veränderungen zur Folge, sie beeinflusst auch den emotionalen Zustand und das Sozialverhalten der Jugendlichen. So wollen Jugendliche in dieser Phase ihres Lebens oft gar keinen körperlichen Kontakt zu ihren Eltern, es wäre ihnen sogar peinlich, wenn

Mutter oder Vater sie in der Öffentlichkeit in den Arm nehmen würden.

Auch Basti hat diese Phase der Pubertät durchlaufen. Er wollte schon als Kind nicht unbedingt körperlichen Kontakt und hat sich meist heftig gewehrt, wenn ihn jemand in den Arm nehmen wollte. Bei ihm baute dieses Verhalten keinen Stress ab, sondern verursachte eine Sinnesüberreizung. Ich durfte ihn meist nicht anfassen, wenn er Angst hatte oder sich in einer Stresssituation befand. Wollte er Nähe, was äußerst selten der Fall war, suchte er sie sich selbst und kam auf mich zu.

Basti war schon immer recht groß für sein Alter und wuchs mir bereits als er gerade mal zwölf Jahre alt war über den Kopf. Wenn ihm irgendetwas Angst machte und ich war in der Nähe, dann stellte er sich hinter mich und legte mir den Unterarm um den Hals und zog mich an sich. Dabei konnte er aus seiner Angst heraus Bärenkräfte entwickeln.

Eines Tages, ich stand im Flur und kann mich nicht mehr erinnern, was der Auslöser für seine Angst gewesen war, da trat er hinter mich und zog mich so heftig zu sich heran, dass ich keine Luft mehr bekam. Ich geriet in Panik und wollte mich aus seinem Griff lösen. Ich ergriff mit beiden Armen seinen Unterarm und versuchte, die Umklammerung zu lockern. Doch die Umarmung verstärkte sich noch, weil er meine Panik spürte und ihn das noch mehr in Angst versetzte. Also musste ich mich zwingen, ganz ruhig zu bleiben und mich nicht mehr gegen seinen eisernen Griff zu wehren. Das war natürlich alles andere als leicht für mich, denn ich hatte Todesangst. Irgendwie zwang ich mich dann doch dazu, ruhig zu sein, löste meine Hände von seinem

Unterarm und ließ meinen Körper erschlaffen. Trotz der äußerlichen Ruhe wurde meine Panik immer größer, denn er schnürte mir nach wie vor die Luft ab. Lichter und Schatten wirbelten vor meinen Augen und ich war der Bewusstlosigkeit nahe, als er seinen schraubstockartigen Griff um meinen Hals endlich lockerte. Ich machte einen großen Schritt von ihm weg, drehte mich dabei zu ihm um und zog dankbar Luft in meine Lungen.

»Dein Gesicht ist ganz rot«, stellte der junge Mann wie unbeteiligt fest.

»Du hast mich gerade beinahe erwürgt«, platzte es zornig aus mir heraus. »Das hat richtig weh getan und ich habe keine Luft mehr bekommen.« Meine Panik war noch nicht ganz abgeklungen und schwang in meiner Stimme mit.

»Aber ich habe dich doch nur ein wenig umarmt«, verteidigte er sich. Er war sich der Gefahr, in der ich geschwebt hatte, gar nicht bewusst.

»Ein wenig umarmt ist gut gesagt, du hast mich fast umgebracht! Mach das NIE WIEDER!!!« Tränen waren mir in die Augen geschossen und mein Gesicht war immer noch puterrot, wie ich in dem Spiegel erkennen konnte, der neben mir hing. – Mein rotes Gesicht hatte er nicht zuordnen können, aber was Tränen waren, das wusste er, denn ich hatte ihm schon vor langer Zeit erklärt, dass es mir schlecht geht und ich traurig bin, wenn ich Tränen in den Augen habe. Er wollte mich trösten und machte einen Schritt auf mich zu, öffnete dabei seine Arme und wollte mich offensichtlich besänftigen. Doch ich wich seinen Armen aus und fauchte ihn an: »Lass mich gefälligst in Ruhe und fass mich nicht mehr an, DU MACHST MIR ANGST!«

Dass es ein Zeichen dafür war, dass ich böse bin, wenn ich laut werde, hatte ich ihm ebenfalls einmal erklärt und nun war ich laut geworden. Es war selten der Fall, dass ich mit ihm laut wurde und er war sichtlich erschrocken darüber. Ich fand meine Ruhe aber schnell wieder, als er keine Anstalten mehr machte, mich irgendwie zu berühren und erklärte ihm mit ruhiger aber fester Stimme: »Ich habe keine Luft mehr bekommen, du hast mir den ganzen Hals zugedrückt und das hat mir Angst gemacht. Ich dachte, ich würde ohnmächtig und könnte sterben. Du musst dir irgendetwas anderes einfallen lassen, aber geh mir nie wieder an den Hals, wenn du Angst hast.«

Er ist ja nicht dumm und versteht solche Zusammenhänge recht schnell, wenn ich sie ihm erkläre. Er gab mir keine Antwort mehr, aber es war das allerletzte Mal gewesen, dass er mich gewürgt hat. Er hatte ja nie die Absicht gehabt, mich ernstlich zu verletzen, sondern wollte nur seine eigene Angst bekämpfen.

Von diesem Tag an legte er mir also nie wieder den Arm um den Hals, allerdings hatte er auch weiterhin noch Ängste und das Bedürfnis, sich an mir festzuklammern. So griff er zu einer neuen Lösung der Stressbewältigung und legte mir die Hand auf die Schulter, um sich daran festzuklammern. Das schnürte mir zwar nicht mehr die Luft ab, verursachte mir aber dennoch Schmerzen und so manchen blauen Flecken an der Schulter, in der er sich festgekrallt hatte. Meist ging so eine Panikattacke aber schnell vorbei und er löste bereits nach wenigen Minuten seinen stählernen Griff.

Eines Tages beschloss er, die Schachtrainerlizenz zu erwerben. Voraussetzung in Deutschland, um einen Trainerschein zu machen, war die Teilnahme an einem Erste-Hilfe-Kurs. Ich meldete mich mit ihm zusammen zu dem Kurs an, der an zwei aufeinanderfolgenden Tagen, Samstag und Sonntag, im hiesigen DRK-Zentrum stattfand. Ich wusste, dass ihn das in Stress versetzen und in ihm Ängste schüren würde, denn er würde in eine fremde Situation in einem fremden Gebäude unter fremde Menschen kommen. Der einzige vertraute Fixpunkt würde ich sein, was mit ein Grund dafür war, dass ich mit ihm zusammen den Kurs absolvieren wollte. Der andere Grund war der, dass mir selbst eine Auffrischung der Erste-Hilfe-Maßnahmen nicht schaden konnte.

Der Kurs begann am Samstag früh und es waren etwa 15 Teilnehmer gekommen, die aus den unterschiedlichsten Gründen mit uns gemeinsam an dem Kurs teilnehmen wollten. Basti und ich setzten uns nebeneinander und kaum berührten unsere Allerwertesten die Stühle, kam Bastis Griff an meine rechte Schulter. Doch dieses Mal lockerte er seinen Griff nicht nach wenigen Minuten, sondern hielt ihn konstant den ganzen Kurs über bei, zumindest bis zur großen 30-minütigen Pause zur Mittagszeit.

Als alle anderen Kursteilnehmer den Raum verlassen hatten, um ein wenig an die frische Luft zu gehen, löste er seinen krampfartigen Griff und ich folgte den anderen nach draußen. Basti blieb allein mit dem Kursleiter im Schulungsraum zurück.

Mir war bis zu diesem Zeitpunkt gar nicht bewusst, dass die anderen Teilnehmer Bastis konstanten Griff an meine Schulter bemerkt hatten, doch als wir draußen in der Gruppe beieinander standen, sprach mich sofort ein junger Mann an: »Mir ist aufgefallen, dass Ihr Sohn sich ständig in Ihrer Schulter festkrallt. Das ist doch nicht normal.« Bevor ich etwas erwidern konnte, ergriff ein weiterer Mann das Wort: »Das tut doch sicher weh, macht Ihnen das denn nichts aus?« Ehrliches Interesse und Mitgefühl schwangen in seiner Stimme mit.

Ich setzte zu einer Erklärung an: »Mein Sohn ist Autist und eine fremde Umgebung und dazu noch fremde Menschen machen ihm Angst. Also hält er sich an etwas Vertrautem fest. Da ich der einzige vertraute Bezugspunkt bin, klammert er sich eben an meiner Schulter fest.«

Eine Frau mischte sich nun in das Gespräch ein: »Aber das sieht richtig bedrohlich aus und ich habe ein wenig Angst vor ihm.«

Ich wandte mich ihr zu: » Das muss Ihnen keine Angst machen, er tut Ihnen ja nichts, er hält sich lediglich an mir fest«, wollte ich sie beschwichtigen, als eine andere Frau ebenfalls feststellte: »Mir macht das auch Angst und Sie tun mir leid, ich habe das die ganze Zeit beobachtet, wie er sich richtig in Ihrer Schulter festkrallt. Tut Ihnen das nicht weh?«, wollte sie von mir wissen.

Ich umging eine direkte Antwort: »Wissen Sie, ich bin froh, dass er sich nur an meiner Schulter festklammert. Vor einigen Wochen noch hat er sich an meinen Hals gehängt und mich fast einmal dabei erwürgt. Sein Griff an meine Schulter ist dagegen richtig harmlos.« Das war nicht die ganze Wahrheit, denn tatsächlich hatte ich Schmerzen in meiner rechten Schulter, die sich bis zum

Unterarm hinab zogen und ich hatte Mühe, meinen rechten Arm zu bewegen.

»Sie müssen da unbedingt etwas dagegen unternehmen«, meldete sich wieder der Mann zu Wort, der das Gespräch eröffnet hatte, und die meisten Umstehenden waren sich mit ihm einig und nickten bekräftigend, »das kann man sich ja gar nicht mit ansehen.«

Ich hatte genug von der Unterhaltung und wollte mich und meinen Sohn nicht weiter verteidigen. Also entschuldigte ich mich damit, dass ich den Leuten erklärte, ich wolle wieder hineingehen, um nach Basti zu sehen, und ließ sie stehen.

Als ich den Schulungsraum betrat, hatte sich der Kursleiter zu meinem Sohn gesellt. Die beiden hatten festgestellt, dass sie sich vom Schachklub kennen, in dem dieser manchmal an den Übungsabenden teilnahm. Sie waren in ein Gespräch über Schach vertieft, als ich zu ihnen kam. Der Kursleiter brach das Gespräch mit meinem Sohn ab und teilte mir mit, dass er mich kurz unter vier Augen sprechen wolle. Also ließen wir Basti wieder allein und gingen zusammen in einen Nebenraum. Kaum hatten wir die Tür hinter uns geschlossen, ergriff der junge Mann das Wort: »Basti hat sich die ganzen Stunden lang in Ihrer Schulter festgekrallt. Das muss doch entsetzlich weh tun. Machen Sie da denn gar nichts dagegen?« Auch ihm war also das Verhalten meines Sohnes aufgefallen und auch ihm erklärte ich die Zusammenhänge. Da Bastis Gebaren auch bei ihm Angst ausgelöst hatte, wie er mir weiter erklärte, musste ich mir wirklich etwas anderes einfallen lassen.

Für die zweite Kurshälfte an diesem Tag tauschte ich mit Basti unsere Plätze und so hielt er sich die nächsten

Stunden an meiner anderen Schulter fest. Tatsächlich hatten die anderen Anwesenden des Kurses recht und mir taten am Abend beide Schultern so weh, dass ich Mühe hatte, das Lenkrad meines Wagens zu steuern. Solch eine lange Zeit hatten wir auch noch nie in einer Stresssituation verbracht. Ich würde mir für den zweiten Kurstag am Sonntag etwas anderes einfallen lassen müssen.

Zu Hause angekommen zog sich Basti gleich in sein Zimmer zurück und ich nutzte die Gelegenheit, mal wieder bei Jana anzurufen. Zum Glück erreichte ich sie auch gleich und konnte ihr von den Vorfällen berichten in der Hoffnung, dass sie mir eine Lösung aufzeigen könnte. Tatsächlich konnte sie das Verhalten meines Sohnes schnell verstehen und mir Hilfestellung geben:

»Du hast das ganz richtig erkannt, Basti braucht in der fremden Situation deinen Halt und möchte sich an etwas klammern, das ihm vertraut ist und ihm Sicherheit gibt. Vielleicht kannst du aber etwas anderes finden, an dem er sich festklammern kann, selbst wenn du mal nicht bei ihm bist. Bei Autisten kommt dieses Klammern nicht selten vor. Du musst aber bedenken, dass ein Autist meist nichts brauchen kann, was weich ist. Es hat also keinen Sinn, wenn du ihm ein Plüschtier in die Hand drückst, denn so etwas Weiches gibt ihm keinen Halt, er braucht etwas Hartes, das er jederzeit mitnehmen kann. Als gute Lösung haben sich Kastanien bewährt. Sie sind angenehmer in der Hand als Steine, die kälter sind, und sie lassen sich problemlos in der Hosentasche überallhin mitnehmen. Es gibt Autisten, die haben ständig Kastanien dabei, sie nehmen sie in die

Hand und drücken sie, wenn sie in Angst oder Stress geraten.«

Das war natürlich eine Lösung, über die wir nachdenken konnten. In Gegensatz zu meinen Schultern hatten Kastanien kein Schmerzempfinden und konnten keine blauen Flecken bekommen, wie die, die sich in der Zwischenzeit an meinen beiden Schultern abzeichneten. Das Dumme war nur, dass der Erste-Hilfe-Kurs im Mai stattfand, also in einer denkbar schlechten Jahreszeit für Kastanien. Tatsächlich war es auch so, wie Jana sagte, dass Basti nie mit Kuscheltieren gespielt hatte, sondern mit Matchboxautos oder Bauklötzen, vermutlich weil die hart und griffig waren. Das war mir bei dem Gespräch mit meiner Freundin bewusst geworden. Bevor wir am nächsten Tag zu unserem Kurs fahren würden, sollte ich mit Basti über seinen Schultergriff sprechen, die anderen Teilnehmer sollten sich schließlich nicht wieder fürchten müssen. Zudem taten mir beide Schultern so weh, dass ich mir nicht vorstellen konnte, das weitere acht Stunden ertragen zu können. Ich hoffte nur, dass Bastian ansprechbar war und nicht seine Ruhe haben wollte, denn ich wollte das gern auf der Stelle besprechen und nicht bis zum nächsten Morgen damit warten.

Also klopfte ich zaghaft an die Tür zu seinem Zimmer. Ein forsches »Herein« erklang, was mich hoffen ließ, dass er gut aufgelegt sein würde, weshalb ich langsam und leise die Tür öffnete. Basti war gerade damit beschäftigt, seine Jeans gegen eine Jogginghose zu tauschen, saß also nicht an seinem PC und war demzufolge ansprechbar.

»Bastian, wir haben ein Problem«, begann ich leise.

»Schieß los«, ermutigte er mich und ich überlegte kurz, wo ich beginnen sollte.

»Du hast heute beim Erste-Hilfe-Kurs die ganze Zeit meine Schultern gequetscht.« Ich blieb ruhig und sachlich und redete nach einer kurzen Denkpause weiter: »Meine Schultern tun mir jetzt richtig weh. An der rechten sieht man sogar blaue Flecken. Es geht also nicht, dass du dich wie ein Irrer an meiner Schulter festkrallst. Du musst dir etwas anderes einfallen lassen.«

Er schien das total witzig zu finden, denn er wollte sich nicht mehr einkriegen vor lachen. Ich verstand nicht, was daran so lustig gewesen war, musste aber, angesteckt von ihm, dann doch grinsen.

Ich erzählte ihm von meinem Telefonat: »Ich hab bei Jana angerufen, du weißt schon, Markus' Mutter. Die hat gemeint, ich solle dir Kastanien oder etwas Ähnliches geben. Die kannst du dann in die Hosentasche stecken und soviel quetschen wie du willst.« Beim Wort »quetschen« erfolgte eine erneute Lachsalve von meinem Sohn und ich redete schnell weiter: »Leider habe ich keine Kastanien, weil es die ja nur im Herbst gibt. Aber ich könnte dir Steine besorgen oder ein Matchboxauto oder Bauklötze.«

Bastis Erheiterung steigerte sich zu einer richtigen Lachattacke und er prustete laut heraus: »Oh Mann, ihr seid ja beide krank.«

Natürlich wir, dachte ich, gut, dass er total normal ist. Ich musste bei dem Gedanken schmunzeln, wollte aber so schnell wie möglich wieder zum Ernst des Themas zurückkommen. »Dann müssen wir uns eben was anderes einfallen lassen. Auf jeden Fall möchte ich, dass du meine Schultern nicht mehr quetscht.« Wieder verursachte dieses Reizwort bei ihm eine Lachsalve. Irgendwie entbehrte diese Situation ja nicht einer gewissen Komik. So ein Gespräch hat man ja als normaler Mensch nicht unbedingt mit seinem fast erwachsenen Sohn. Basti sagte in seinem Lachanfall dann etwas, was ich fast nicht verstehen konnte, denn er hatte nun zusätzlich zu seinem Gekicher auch noch angefangen, nach Luft zu japsen. Ich hörte immer nur das Wort »quetschen« heraus, alles andere ging in einem unverständlichen Mischmasch von Lachen und Reden unter. Ich fand sein Gekicher urkomisch und obwohl ich immer noch nicht wusste, warum er lachte, konnte ich mich nun selbst nicht mehr halten und so lachten wir, bis uns beiden die Tränen runterliefen. Wir konnten die Sache an diesem Tag nicht mehr ausdiskutieren, denn sobald einer von uns beiden anfing zu reden, prustete der andere schon wieder los. Schmerzende Schultern, Kastanien und Matchboxautos waren vergessen, die Lösung unserer Situation wurde in unserem Lachen erstickt.

Am nächsten Morgen, als wir wieder zu unserem Kurs fuhren, erwähnten wir die Sache nicht mehr. Wie bei unseren meisten Terminen kamen wir auf die Minute pünktlich zu Kursbeginn an. Die anderen Schüler waren alle schon da, hatten uns aber unsere beiden Plätze vom Vortag frei gehalten. Basti und ich setzten uns also wieder nebeneinander. Kaum saßen wir, griff Bastis Hand zu mir herüber, fasste mir ans Knie und packte zu. Er musste irgendeinen Nerv getroffen haben, denn ich zuckte unter dem plötzlichen Schmerz zusammen und stieß ihm in einem Reflex die Hand weg. Meine rechte Hand ließ ich zum Schutz gegen den angriffslustigen, matchboxverachtenden Kerl neben mir auf dem Knie liegen. Bastis Hand wanderte nach wenigen Augenblicken schon wieder in Richtung meines rechten Knies, packte meinen Unterarm, umfasste ihn langsam und fast schon zärtlich und drückte sachte zu. Mir war klar, dass er immer nur nach Körperteilen von mir greifen würde, an denen er harte Knochen und nicht weiches Fleisch finden würde.

Er hatte eine Lösung gefunden, mit der wir beide leben konnten, und so kommt es, dass er auch heute noch, als Sechsundzwanzigjähriger, in Stresssituationen nach einem Unterarm oder einer Hand von mir greift.

Autisten sind bei Weitem nicht die einzigen, die hin und wieder etwas Griffiges in der Hand brauchen. Heutzutage ist es so, dass man in vielen Läden kleine harte Gegenstände kaufen kann, um sie zum Stressabbau in die Hände zu nehmen und sie zu drücken oder mit ihnen zu spielen. Man nennt diese Gegenstände »Handschmeichler«. Ich selbst bekam kurz nach dem Tod meines Vaters, der mich sehr mitgenommen hat, einen hölzernen Handschmeichler in der Form eines glatten Kieselsteins, wie man ihn in Flussbetten findet. Auf ihm steht: »Gottes Hand hält dich« und er wirkt auch auf mich sehr beruhigend, wenn ich nervös bin.

DIE GELDBÖRSE

Bastian benutzte schon seit Langem die gleiche Geldbörse. Schon als Kind im Kindergartenalter hatte er sie
einmal geschenkt bekommen. Es war eine Stoffbörse
zum Umhängen, mit lustigen Comicfiguren darauf.
Immer wenn er aus dem Haus ging, kontrollierte er den
Inhalt, hängte sie um und hatte sowohl Geld als auch
Personalausweis und Busfahrkarte darin. Bastian wurde
älter und seine Börse immer schäbiger. An manchen
Stellen gab es schon kleine Löcher und die Comicfiguren waren kaum noch zu erkennen. In meinen Augen
sah es auch etwas lächerlich aus, wenn ein Mann von
fast zwanzig Jahren mit einer Comicgeldbörse herumlief
und ich beschloss, etwas daran zu ändern.

Weihnachten rückte näher. Basti war 19 Jahre alt und
eine neue Börse überfällig. Nur, wie sollte ich ihm das
beibringen? Die neue Börse sollte sich nicht übermäßig
von seiner alten unterscheiden, aber dennoch seinem
Alter entsprechen. Ja genau, sie sollte wieder zum
Umhängen sein, das war er ja gewohnt. Sich an neue
Dinge zu gewöhnen, fiel ihm immer sehr schwer und
umso mehr sie der alten Börse glich, umso größer war
die Chance, dass er sie auch benützen würde.

Zwei Wochen vor Weihnachten machte ich mich auf
den Weg, eine neue Börse zu kaufen. Das war aber gar
nicht so einfach. Börsen zum Umhängen waren völlig
aus der Mode und nirgendwo mehr zu bekommen.
Doch endlich wurde ich fündig in einem Lederwarenge-
schäft, einem der teuersten in der Stadt, aber das war
mir langsam egal. Die Verkäuferin war wirklich sehr
freundlich und reagierte mit einem Lächeln, als ich ihr

erklärte, dass mein Sohn nicht ganz einfach sei. Sie zog verschiedene Schubladen der Ladentheke auf, bis sie mir schließlich mit einem Leuchten in den Augen eine Börse zum Umhängen präsentierte.

»Das ist leider die einzige, die ich finden kann. Sie ist zwar aus echtem Leder und nicht wie von Ihnen gewünscht aus Stoff, aber sie ist dafür sehr robust und vor allem, sie ist zum Umhängen.«

Ich war glücklich. Endlich das Gewünschte in der Hand zu halten, gab mir ein kleines Siegesgefühl. Ich bezahlte stolz die neue Börse. Doch als die Verkäuferin sie gar als Geschenk einpacken wollte, lehnte ich ab, ich hatte nämlich noch etwas vor damit.

Zu Hause angekommen zog ich vorsichtig, als handle es sich um feines Porzellan, die Geldbörse aus der Tasche. Rasch füllte ich sie. In das große Fach schob ich einige Geldscheine in unterschiedlichen Größen, in das kleine Fach kamen Münzen. Vom 1-Cent-Stück bis zum 50-Euro-Schein war alles dabei. Ich hatte den Hintergedanken, dass Basti die neue Geldbörse nun zumindest einmal benutzen müsste, nämlich wenn er an das Geld kommen wollte, dazu würde er sie in die Hand nehmen und öffnen müssen. So stiegen die Chancen, er könnte sich an sie gewöhnen, wenn er sie schon mal in der Hand gehabt hatte. Rasch suchte ich noch besonders schönes Geschenkpapier heraus und packte die Börse liebevoll ein. »Weihnachten, wir kommen!!!«

Der heilige Abend war endlich da.

Ich war aufgeregt wie schon lange nicht mehr an diesem Feiertag. Was würde Basti zu seiner neuen Geldbörse sagen? Na ja, richtig freuen würde er sich wohl nicht, aber würde er sie gleich öffnen? Würde er das

Geld herausnehmen, nachzählen und wieder reinstecken? Würde er vielleicht sogar versuchen, sie sich umzuhängen?

Meine Eltern, Basti und ich gingen ins Wohnzimmer. Zuerst sangen meine Mutter und ich ein paar Weihnachtslieder, dann gab es die Geschenke. Wir überreichten Basti seine Päckchen. Desinteressiert nahm er jedes kurz in die Hand und legte dann alle Geschenke vor sich auf den Tisch.

»Jetzt pack doch mal eins aus«, versuchte seine Oma ihn zu motivieren.

Basti starrte an seinen bunten Geschenken vorbei und fing an, uns einen Vortrag über die Unfähigkeit der Politiker und die Auswirkungen der amerikanischen Politik auf unser Leben zu halten. Meine Mutter wurde langsam ungeduldig.

»Aber, Basti, jetzt müssen wir doch nicht über Politik reden, es ist Weihnachten und wir wollen unsere Geschenke auspacken.«

Basti unterbrach kurz seine Ausführungen über die Bush-Regierung, um ihr in monotonem Tonfall zu erklären: »Ihr könnt eure Geschenke ja schon mal auspacken, aber die Anschläge vom 11. September waren doch eindeutig ein Werk von Bush, um den Krieg im Irak anzufangen, weil das Öl …«

»Mona, sag doch auch mal was, was sollen wir denn tun?«, meine Mutter näherte sich einer leichten Verzweiflung, ich musste die Situation allmählich in den Griff bekommen, sonst würde Basti am Ende aufspringen, uns anschreien, den Raum fluchtartig verlassen und Weihnachten wäre ruiniert.

»Also, ich packe jetzt meine Geschenke aus und ihr macht dasselbe. Basti, und du kannst den Bush wenigstens heute in Ruhe lassen, der feiert eh nicht mit uns, weil er sich ja lieber mit dem Öl und seiner First Lady beschäftigt.«

Daraufhin wechselte Basti das Thema und ging über zu Angela Merkel, die vielleicht auch Weihnachten feiert. Unterdessen begann ich ungerührt meine Geschenke auszupacken und meine Eltern folgten meinem Beispiel. Wir blendeten Bastis Exkurse in die Politik weitgehend aus und freuten uns über unsere Gaben.

Als Basti langsam von Gerhard Schröder zu der sexuellen Veranlagung von Klaus Wowereit überging, hatten wir unsere Geschenke ausgepackt, uns gegenseitig bedankt und warteten nun darauf, dass das Interesse von Bastian an seinen Geschenken das Interesse an Wowereit verdrängen würde. Als er jedoch keine Anstalten machte, seinen Vortrag zu unterbrechen, ergriff ich wieder das Wort: »Basti, wir sind fertig und du bist dran.«

Basti seufzte laut und künstlich auf und nahm mit deutlicher Verachtung das erste Geschenk in die Hand. Ungelenk und mit langsamen Bewegungen entfernte er das Papier, legte das Geschenk, ohne einen Blick darauf zu werfen, zur Seite, zerknüllte das Papier, warf es neben sich auf das Sofa und setzte an: »Das Massaker in Erfurt war ja auch nur …«

Schnell unterbrach ihn nun mein Vater: »Du hast noch mehr Geschenke.«

Wieder ein Seufzer, das nächste Geschenk wurde in die Hand genommen und das Ritual begann aufs Neue. Als der Inhalt des Päckchens auch auf dem Tisch und der nächste bunte Papierknäuel auf der Couch gelandet war, drückte ihm meine Mutter sofort das dritte Geschenk in die Hand, ohne darauf zu warten, wie das nun genau mit dem Massaker war und ob da vielleicht auch Bush dran schuld war. Basti hatte nun begriffen, dass erst die Geschenke ausgepackt werden sollten, bevor wir politische Streiche und Regierungsverschwörungen behandeln wollten. Er griff nach dem nächsten Päckchen und während er noch laut seufzte, sah ich, dass es MEIN PÄCKCHEN war. Er packte es aus und wollte es zu den anderen Geschenken legen.

»Da ist auch noch Geld drin!«, meldete ich mich schnell.

Rasch öffnete er den Geldbeutel und nahm den Inhalt heraus. »Aha, 83 Euro und 87 Cent, dann habe ich jetzt mit den anderen Geschenken zusammen 193 Euro und 87 Cent. Komisch, das mit den 87 Cent.«

»Weißt du«, begann ich zu erklären, »ich wollte auch Kleingeld rein tun und habe gar nicht so genau gezählt, es sollten halt ungefähr 80 Euro sein.«

»Dann hast du mir 3 Euro und 87 Cent zuviel hineingetan. Ist der Geldbeutel aus Leder?«

Immer noch stolz über meinen klugen Kauf versicherte ich ihm: »Ja, echt Leder, wie es sich für einen erwachsenen Mann gehört.«

»Dann nehm' ich ihn sowieso nicht, weißt du, wie viele Tiere dafür sterben mussten? Ihr seid alle Mörder, genau wie Bush, der lässt auch in Argentinien unschuldige Rinder töten, genau wie ihr.« Er warf die Geldbörse zu den anderen Geschenken, seufzte und griff nach dem nächsten Geschenk …

Oh, wie ich mich ärgerte, warum konnte ich nicht sagen, der Geldbeutel wäre aus Kunstleder, aber dann hätte ich ja gelogen. Aber wenigstens ein »Ich weiß es nicht so genau« hätte schon genügt. Doch ich nahm mir vor, nicht so schnell aufzugeben. Ich würde einfach alles aus seiner Comicbörse nehmen, es in den Ledergeldbeutel stecken und das Kinderportemonnaie wegwerfen, dann würde ihm gar nichts anderes übrigbleiben, als sein Neues zu verwenden.

Am nächsten Morgen klingelte um acht Uhr der Wecker. Basti würde lange schlafen. Er war sicher erst gegen fünf oder sechs Uhr zu Bett gegangen, wie meist, wenn er nichts Besonderes vorhatte. Nachdem ich geduscht und angekleidet war, machte ich mich gleich ans Werk. Ich leerte seine Kindergeldbörse fein säuberlich aus, schaute noch einmal in jedes Fach, ob ich auch nichts vergessen hatte, und packte sein Geld und seine Papiere in seinen schönen neuen Ledergeldbeutel, für den so viele Tiere gestorben waren. Bei dem Gedanken, dass wohl mehrere argentinische Rinderherden für das Portemonnaie ihr Leben gelassen hatten, musste ich doch etwas schmunzeln.

Ganz wohl war mir nicht bei der Aktion, doch er würde sich schon daran gewöhnen. Schnell packte ich das alte, schäbige Ding in eine undurchsichtige Tüte und warf diese in den Müll. So konnte er sie nicht zufällig finden und wieder hernehmen. Die neue Börse legte ich ordentlich auf den Schuhschrank im Flur, wo seine alte auch immer gelegen hatte. Jetzt hieß es abwarten.

Mehrere Tage vergingen, bis mich Bastian ansprach: »Mona, wo ist eigentlich mein Geldbeutel?«

»Dein schöner neuer Erwachsenengeldbeutel liegt im Flur, wo auch dein alter Geldbeutel immer lag.«

»Das ist nicht mein Geldbeutel.« Seine Stimme klang ungerührt wie immer, als handele es sich um etwas weniger Weltbewegendes als eine neue Geldbörse.

Ich versuchte, ihm im gleichen monotonen Tonfall zu antworten: »Doch, den habe ich dir zu Weihnachten geschenkt. Schau mal rein, dein Geld und deine Fahrkarte und dein Ausweis sind auch schon drin.«

Ohne einen Blick auf die sterblichen Überreste der Rinderherden zu werfen, fragte er: »Und wo ist mein alter Geldbeutel?«

»Den habe ich weggeworfen, du brauchst ihn ja jetzt nicht mehr und er war schon ganz alt und kleine Löcher hatte er auch schon.«

»Das stimmt nicht, er ist höchstens 15 Jahre alt und war noch fast ganz neu.« Ohne ein weiteres Argument abzuwarten, drehte er sich um und ging in sein Zimmer.

Weitere Tage vergingen, der Geldbeutel lag unbeachtet auf dem Schuhschrank und wurde von keinem von uns mehr erwähnt. Dann kam der Tag, als er abends zum Schachklub wollte. Als ich nach Hause kam, hatte ihn sein Schachfreund schon abgeholt, also hatte ich keine Gelegenheit gehabt, zu beobachten, ob er nun den Geldbeutel umhängen und mitnehmen würde. Als ich die Wohnung betrat, warf ich meinen ersten Blick auf den Schuhschrank und siehe da, gähnende Leere, wo vorher das Portemonnaie gelegen hatte. Ich verbuchte einen ersten Erfolg. Mit einem siegreichen Lächeln auf den Lippen machte ich mich daran, die Küche aufzuräumen. Basti hatte sich mal wieder Nudeln gekocht und dementsprechend sah es aus.

Das Geschirr stellte ich in den Abwasch und ließ heißes Wasser darüber laufen. Das leere Käsepapier kam in den Müll. Doch was musste ich sehen, als ich den Mülleimer vorzog? Obenauf lag der Geldbeutel, zumindest Teile davon. Er musste ihn mit der Schere in mehrere kleine Stücke geschnitten haben und diese hatte er dann in den Müll geworfen. Obwohl ich es ja hätte wissen müssen, stiegen mir doch Tränen der Wut und Resignation in die Augen. Ich war froh, dass Basti nicht da war, denn in meinem aufgebrachten Zustand hätte ich ihn nicht ansprechen können, sonst hätte er gleich wieder rumgeschrien und vielleicht noch mehr kaputtgemacht.

Ich musste mich unbedingt erst einmal beruhigen, bevor er nach Hause kam. Ich sah zu, dass ich das Geschirr schnell spülte und gleich zu Bett ging, bevor er zurück war. Jetzt hieß es erst mal abwarten. Nach einem Schachabend war er nicht in der Stimmung, mit mir zu streiten, er war dann eh schon aufgeregt genug sein.

Am nächsten Tag, es war ein Samstag, kam ich von der Arbeit nach Hause und als ich die Wohnung betrat und meine Augen die leere Stelle auf dem Schuhschrank sahen, wollte ich gleich mit ihm reden. Ich hörte durch die geschlossene Jugendzimmertür hindurch, dass der Computer lief, Basti war also wach. Ich klopfte an.

»Wer da?«

»Ich, deine Mutter.«

»Ich habe keine Zeit ... Was willst du?«

»Mit dir reden.«

»Moment!« Man hätte meinen können, er hätte Wichtiges zu tun. Ich wurde langsam ungeduldig und klopfte noch einmal. »Dann komm halt rein, wenn du mit mir reden willst.«

Endlich betrat ich sein Zimmer und kam gleich zum Thema: »Ich habe deinen Geldbeutel gefunden. Du hast ihn zerschnitten und in den Müll geworfen. Warum hast du das getan?«

Ohne einen Blick vom Computerbildschirm zu wenden, antwortete er trocken: »Weißt du, wie viele Rinder …«

Ich unterbrach ihn, dieses Thema hatten wir ja bereits. »Du hättest ihn auch einer deiner Cousinen schenken können, die hätten sich gefreut«, versuchte ich an sein Gewissen zu appellieren.

»Na und? Du hast selbst gesagt, es ist mein Geldbeutel, ich kann damit machen, was ich will. So, und nun geh wieder.«

In mir brodelte es. Doch wenn ich nun weiter in ihn gedrungen wäre, hätten wir nur Streit bekommen. Genützt hätte es ohnehin nichts, der Geldbeutel war ja eh hinüber.

Wieder vergingen einige Tage. Am Donnerstag machte Bastian sich auf zur Ostschule, wo er die Schach-AG leitete. Sein Geld und die Papiere stopfte er umständlich in die Hosentaschen und machte sich auf den Weg. Ich schaute ihm dabei zu und verbiss mir jeglichen Kommentar. Als er zwei Stunden später wieder nach Hause kam, entleerte er seine Taschen und warf den Inhalt auf den Schuhschrank. Sollte mir auch recht sein, ich würde mir lieber die Zunge abbeißen, als noch einmal eine

Diskussion über Sinn und Unsinn der Rinderzucht über mich ergehen zu lassen.

Doch bereits am nächsten Tag rief er mich bei der Arbeit an.

»Ich brauche einen neuen Geldbeutel, wo kann ich einen kaufen?« Keine Spur von schlechtem Gewissen lag in seiner Stimme, als hätte er nie zerstückeltes Leder in den Müll geworfen.

Schnell überlegte ich mir eine Antwort. Es würde keinen Sinn haben, ihm noch einmal Vorwürfe zu machen. »Du kannst es mal in dem großen Kaufhaus in der Stadtmitte versuchen.«

»Aha, und wo ist das Kaufhaus?«

Mir wurde bewusst, dass er nicht viel von der Stadt kannte. Er benutzte ja nie Wege, die wir nicht vorher lange genug eingeübt hatten. Also versuchte ich, ihm den Weg zu beschreiben. Doch noch während meiner Wegbeschreibung begriff ich, dass er das Kaufhaus wohl nie finden würde. Ich stellte mir schon vor, wie er völlig konfus im Kreis lief, bis ihn die Polizei aufgreifen und nach Hause bringen würde. Ich unterbrach selbst meine Unterweisung in Stadtkunde und warf ein: »Ich kann es dir nicht erklären, ich komme mit.«

»Wann machen wir das?«

»Am nächsten Donnerstag, wenn ich dich vom Schach abhole.«

»Ist gut, dann gehen wir zusammen und du zeigst mir dieses Kaufhaus. Ich habe verstanden.« Damit legte er auf.

In den nächsten Tagen musste ich Basti immer wieder versichern, dass ich ihn abhole und wir zusammen den

Geldbeutel kaufen würden. Endlich war der Donnerstag da und der Schachunterricht zu Ende.

Wie besprochen holte ich ihn pünktlich ab und wir fuhren zunächst zur Post. Ich hatte schon angekündigt, dass ich noch ein Paket aufzugeben hätte. Das war recht praktisch, die Post kannte er schon und so konnten wir mit einem vertrauten Ort beginnen. Das würde ihn nicht gleich zu Beginn überfordern. Ich parkte also bei der Post und wir gaben das Paket auf. Danach begaben wir uns auf den Weg zur Stadtmitte. Bewusst wählte ich eine Strecke, mit der Basti teilweise vertraut war. Wir liefen durch den neuen Busbahnhof durch, hielten uns aber etwas abseits von den wartenden Fahrgästen, damit Basti sich sicherer fühlte. Er hatte die Hände tief in seinen Hosentaschen vergraben und stierte starr vor sich hin. Den Kopf hatte er zwischen die Schultern gezogen und das Kinn berührte fast seine Brust. So stapfte er neben mir her. Längst schon machte es mir nichts mehr aus, dass uns Leute nachstarrten. Ich durfte nur meinen Gang nicht verlangsamen und schon gar nicht stehen bleiben, um seine Konzentration auf seine Fußspitzen nicht zu gefährden.

Wir ließen den Busbahnhof hinter uns und bogen in die Straße ein, in der sich auch das Kaufhaus befindet. Ich war froh, dass wir die vielen Menschen hinter uns gebracht hatten. Auch an der nächsten Verkehrsampel ging alles gut. Keiner überquerte bei Rot die Straße, den Basti dann hätte beschimpfen können. Zuerst gingen wir gegenüber in den Buchladen.

Buchläden haben meist etwas Beruhigendes und Basti liebt Bücher genau wie auch ich. Auf einem Wühltisch fanden wir zwei preiswerte Bücher mit Witzen für Basti.

Als wir unseren Fund bei der Verkäuferin bezahlt hatten, verließen wir das Geschäft, um endlich das große Kaufhaus zu betreten. Schnell fanden wir dort die Lederwarenabteilung und sahen gleich zwei Wühltische mit Geldbörsen, es mussten Hunderte sein. Rasch begann ich in Gedanken zu sortieren. »Suchen wir mal nach einem zum Umhängen.«

Der erste Protest folgte sofort: »Ich will keinen zum Umhängen. Ich bin kein Kind mehr.«

Sollte mir auch recht sein, so war die Auswahl größer. Ich zog einige aus der Menge heraus und zeigte sie meinem Sohn, der aber sofort reklamierte: »Ich will keinen aus Leder. Die vielen Rinder, die man dafür abgeschlachtet hat, alles Verbrecher und Mörder, die gehören alle vergast. Und du willst mir auch noch einen davon kaufen, den benutze ich eh nie, du gehörst auch gleich angezeigt, du bist eine Tierquälerin ...« Er schimpfte weiter vor sich hin und ich umrundete dabei ungerührt den Tisch. Zum Glück waren gerade keine Menschen in der Nähe, die ihn hätten hören können.

Da, ich hatte sie gefunden. An einer Seite des Tisches lagen mindestens zwanzig Stoffbörsen. Überglücklich zeigte ich gleich die erste meinem Sohn: »Ich habe eine gefunden. Sieh mal, die können wir nehmen, die ist ganz aus Stoff.« Aufgeregt drückte ich die Börse Basti in die Hand, der sie nach einem ersten Blick zurückwarf.

»Spinnst du? Ich nehm' doch keinen Geldbeutel mit amerikanischer Werbung drauf. Ich unterstütz doch nicht die Amerikaner. Das sind alles Nazis, die haben zum Beispiel im Jahr 2000 den Iranern Geld zum Bau von Atomwaffen geliefert. Und dieser Bush ...«

»Ja, schon gut«, versuchte ich seinen Redefluss zu unterbrechen, »ich habe begriffen.«

»Du begreifst doch nie etwas. Du hättest jetzt fast einen amerikanischen Geldbeutel gekauft, nur damit Bush im Irak seinen Krieg …«

Ich zog gleich den nächsten Geldbeutel heraus. »Hier, der ist ganz bestimmt nicht amerikanisch«, ich drückte ihm mein neues Fundstück in die Hand.

»Da ist ja Werbung von der FIFA drauf und von der Fußballweltmeisterschaft! Ich unterstütze doch nicht auch noch die FIFA! Das ist eine Terrororganisation! Zum Beispiel zahlen die ihren Managern viel zu viel.«

Unbemerkt von uns hatte sich nun eine Verkäuferin genähert: »Kann ich Ihnen helfen?«

Ohne Basti zu Wort kommen zu lassen und mit einem Augenzwinkern zu den Hunderten von Börsen, antwortete ich ihr: »Wir suchen einen neuen Geldbeutel für meinen Sohn. Wir finden keinen, hier sind so wenige.« Ich konnte mir diese Ironie nicht verkneifen.

Die Verkäuferin fragte mit einem Schmunzeln nach: »Was soll es denn für einer sein?«

»Das kann ich Ihnen auch nicht genau sagen. Ich habe bis jetzt nur herausbekommen, was es nicht sein darf. Also, es darf keine Werbung für die FIFA drauf sein, und keine amerikanische Werbung …«

Basti unterbrach mich: »Ja, weil die Amerikaner dem Iran im Jahr 2000 Material für Atomraketen geliefert haben.« So, nun hatte er es ihr auch erklärt.

Doch die Verkäuferin war anscheinend schwierige Kunden gewöhnt. Vielleicht war ich ja auch die einzige Kundin, die kein Problem mit iranischen Atomraketen hatte und sie war diese Antwort gewohnt, jedenfalls erklärte sie uns, ohne sich aus der Fassung bringen zu lassen: »Wir haben auch noch sehr viele Ledergeldbeutel ohne Werbung.«

Ich hakte gleich nach: »Da sind doch bestimmt welche aus Kunstleder dabei?« Ich hoffte ein wenig darauf, dass es sich bei den Ledermappen um Imitate handeln möge, wurde jedoch gleich enttäuscht, als die Verkäuferin erklärte: »Unsere Lederartikel sind natürlich alle zu hundert Prozent aus echtem Leder.« Und schon hatten wir auch gleich wieder den Salat.

»Da stecken bestimmt wieder die Amerikaner dahinter. Wissen Sie, wie viele tote Rinder hier herumliegen?« Ohne abzuwarten, ob sich die Verkäuferin nun mit Bastian über Rinderzucht und Alternativen zur Massentierhaltung unterhalten würde, versuchte ich, ihre Aufmerksamkeit wieder auf mich zu lenken.

»Haben Sie vielleicht auch noch andere Geldbeutel? Ich meine ohne echtes Leder und ohne Werbung.«

»Ja, genau«, meldete Basti sich wieder zu Wort, »wenn die wollen, dass wir Werbung machen, dann sollen die uns gefälligst bezahlen. Nicht umgekehrt!«

Doch die Verkäuferin hörte ihm schon nicht mehr zu. Noch während er redete, war sie zu einem anderen Stand gegangen.

Jetzt erst bemerkte ich, dass es da auch noch eine kleinere Auswahl an Geldbörsen gab. Sie suchte mit geübten Griffen zwischen den säuberlich sortierten Börsen, bis sie endlich fündig wurde. Erfreut präsentierte sie uns einen Geldbeutel aus Stoff. Grau-schwarz-weiß-rot-kariert war er und was das Wichtigste war: OHNE WERBUNG. Erleichtert atmete ich aus. Unbemerkt hatte ich wohl die Luft angehalten, als ich mit einem Schreck bemerkte: »Aber der ist ja mit Leder eingefasst.«

Sie muss wohl meine Verzweiflung bemerkt haben, denn rasch versicherte sie uns: »Nein, das ist kein echtes Leder, es handelt sich nur um ein geschicktes Lederimitat aus Stoff.«

Gott möge mir vergeben, aber in dem Moment, als Basti mit fester Stimme sagte: »Den nehmen wir!«, war mir egal, ob sie log oder ob es sich tatsächlich um Stoff handelte.

Bevor Basti sich Gedanken darüber machen konnte, ob die Arbeiter auf den Baumwollplantagen auch nur ausgebeutet werden, um einer Regierung zu Atombomben zu verhelfen, machten wir uns auf den Weg zur Kasse. Ohne weitere Erklärungen zur Tierzucht und der politischen Lage in den Vereinigten Staaten abzugeben, bezahlte Basti seine neue Errungenschaft. Er war viel zu sehr damit beschäftigt, sich auf den Vorgang des Bezahlens zu konzentrieren, um auch noch über Sklaverei nachzudenken. Nur sein Wechselgeld warf er mir in eine Einkaufstüte. Der Einkauf hatte ihn zu sehr gestresst, als dass er nun auch noch sein Geld in die neue Börse hätte stecken können.

Als ich mich umdrehte, um den Laden zu verlassen, merkte ich seinen festen Griff an meiner Schulter. Es war einfach alles zu viel für ihn gewesen. Ein fremdes Kaufhaus in einer fremden Straße, eine fremde Verkäuferin und dazu noch die vielen toten Rinderteile, das musste ja überwältigend mühsam für ihn gewesen sein. Als wir das Kaufhaus verließen, kamen wir an einer Würstchenbude vorbei. Zu gern hätte ich mich selbst nun mit einem Hotdog belohnt. Nur so, für die überstandenen Strapazen. Doch Basti, der immer noch mit hartem Griff meine Schulter drückte, schob mich weiter. Damit ich auch schön folgsam an dem verlockenden Stand vorbeikam, nahm er nun auch noch die andere Hand zur Hilfe. Er schob mich einfach an der Bude vorbei und hinein in die Fußgängerzone. Nur weg von dem bedrohlichen Kaufhaus und zurück zum Auto.

Dass er mich in die völlig falsche Richtung schob, bemerkte er nicht einmal. Erst als ich mich ruckartig von ihm losriss, konnte ich soweit seine Aufmerksamkeit auf mich ziehen, um ihm zu erklären, dass wir einen anderen Weg gekommen waren.

Endlich konnten wir zurück zum Auto und nach Hause.

Erst am nächsten Tag war der Junge soweit, seinen neuen Geldbeutel zu bestücken.

KÖLN

Viele Menschen glauben nicht an Gott. Ich gehöre zu denen, die nicht nur an ihn glauben, sondern auch stets mit ihm leben. Bei einem unbeständigen Leben, in dem man nichts planen kann und es im Grunde keine Sicherheiten gibt, ist Gott, der Herr, meine Sicherheit und meine Zuflucht. Es gibt Situationen im Leben, da braucht man Ihn, denn er weiß alles und kennt alle. Wo unser menschliches Wissen an seine Grenzen stößt, da weiß Er immer noch einen Ausweg. Als Basti unbedingt nach Köln wollte und dort in der Großstadt in Not geriet, da war Gott ganz nahe.

Bastis Kontakt zur Außenwelt läuft viel übers Internet. Nur selten geht er aus dem Haus, meist nur, um in den Schachklub zu gehen. So lernt er im weltweiten Netz die unterschiedlichsten Menschen kennen, die über die ganze Welt verstreut leben. Es sind aber nicht nur Schachfreunde, zu denen er Kontakt hat, sondern auch Menschen, die seine anderen Interessen teilen.

Die Zeit der Pubertät ist für die meisten Eltern nicht einfach, wenn sich ihre Sprösslinge darin befinden. Auch ein Autist ist irgendwann einmal auf der Suche nach seiner eigenen Identität und fängt an, eigene Wege zu gehen. Basti ist ja oft sehr extrem in seiner Denk- und Verhaltensweise und so hatten wir es in dieser Zeit nicht immer leicht miteinander. Es gab eine Phase in seinem Leben, da interessierte er sich sehr für den Islam. Diese Zeit dauerte zum Glück nicht sehr lange an, war aber doch sehr heftig, da er ständig Dinge von mir verlangte, die ich nicht zu geben bereit war. So sollte ich Röcke tragen und meinen Kopf bedecken und wir führten darüber heftige Diskussionen.

Ein anderes Thema war sein Hang zur Mystik und zum Okkultismus. Als Christ ist mir das nicht geheuer, die Beschäftigung mit solchen Dingen kann nicht gut sein, denn man lässt sich mit Kräften ein, die man nicht kontrollieren kann, und dabei ist es völlig egal, ob weiß oder schwarz, solche Kräfte sind nicht göttlich. Basti schrieb längere Zeit in einem Forum, in dem es um Themen ging wie Reinkarnation, Poltergeister, Pendeln, Astrologie, Wahrsagerei und Ähnliches.

Ich versuchte mich in der Gradwanderung zwischen »Wie red ich ihm das aus?« und »Ich lass ihn seinen eigenen Weg gehen!« und das war nicht leicht für mich. Mir blieb oft nichts anderes übrig, als einfach dagegen anzubeten.

In dieser Phase unseres Lebens also teilte Basti mir eines Tages mit, dass er unbedingt am ersten Oktober-wochenende nach Köln fahren wolle, um sich dort mit zwei Schachfreunden zu treffen. Ich sollte ihm die Fahrt und die Unterbringung in einem Hotel organisieren, wozu ich mich bereit erklärte. Doch einfach war das für mich nicht. Es sollte die erste größere Fahrt sein, bei der Basti ganz auf sich allein gestellt sein würde und mir war angst und bange. Er war zwar schon mit der Bahn zu Turnieren gefahren, aber da waren immer auch noch andere Schachspieler oder Trainer dabei gewesen. Mir ging vieles durch den Kopf, was geschehen könnte: Zugverspätung, Abfahrt eines Zuges auf einem anderen Gleis, überfüllte Bahnsteige und Waggons, Stimmen, die ihn in Stress versetzen und so weiter. Mich wunderte ein wenig, dass Basti diese Fahrt in eine fremde Stadt allein antreten wollte, immerhin tat er sich ja schon in unserem Heimatort schwer, wenn er unbekannte Wege benutzen sollte. Er wollte jedoch unbedingt nach Köln und ich hatte die Hoffnung, dass dieser Wunsch größer sein würde als seine Angst vor Neuem. Ich würde ihn auf alle Eventualitäten vorbereiten, jede nur erdenkliche Situation mit ihm durchgehen müssen.

Die Bahnfahrt war schnell gebucht, er würde gegen zehn Uhr an einem Samstagvormittag in Köln ankommen, die Rückfahrt buchte ich auf den folgenden Montag. So bliebe ihm genug Zeit für die Schachfreunde. Ich fand sogar in Bahnhofsnähe ein erschwingliches Hotelzimmer. Die Hotelbesitzerin erklärte mir, dass es sich um ein Hotel-Garni handele. Sie würde jeden Abend um 21 Uhr das Hotel abschließen, er müsse also vorher bereits den Schlüssel abholen, wozu ihm ja genug Zeit bleiben würde.

»Es sind vom Bahnhof nur ein paar Meter zum Hotel, dort gibst du dein Gepäck ab, meldest dich an und nimmst den Schlüssel mit. Klappt das denn auch mit den Schachfreunden?«

»Sie wollen mich gleich am Bahnhof treffen, das hab ich alles schon besprochen. Du hältst mich wohl für blöd?«

Ich wollte ihm nicht unnötig auf die Nerven gehen, also drang ich nicht weiter in ihn ein.

Endlich kam das lange vorbereitete Wochenende, ich brachte ihn früh am Morgen zum Bahnhof und seine Fahrt begann. Vorsichtshalber hatte ich ihm noch ein Handy mitgegeben, eigentlich konnte nichts mehr passieren. So war ich auch ziemlich entspannt, und als am Abend um 21.30 Uhr das Telefon klingelte, dachte ich sofort, dass er mich anrufen würde, um mir zu sagen, dass er gut angekommen war und alles gut geklappt hatte.

»Guten Abend«, meldete sich eine fremde, weibliche Stimme. »Sie hatten bei mir ein Zimmer gebucht. Ich möchte nun das Hotel gern schließen, aber der Gast ist noch nicht eingetroffen, um den Schlüssel abzuholen.«

Eiseskälte schoss mir durch die Glieder, mein Herz fing an zu hämmern: »Aber … aber mein Sohn sollte bereits heute früh um zehn bei Ihnen den Schlüssel abholen«, stammelte ich ins Telefon und tausend beunruhigende Gedanken schossen mir durch den Kopf.

»Es tut mir leid, aber ich war den ganzen Tag im Haus, Ihr Sohn hat den Schlüssel nicht abgeholt und ich würde das Hotel jetzt gerne schließen. Wissen Sie, ich wohne nicht im Hotel und möchte jetzt gern nach Hause fahren.« Die Frau war sehr freundlich und ihre Stimme klang verständnisvoll.

Doch wie sollte ich nun reagieren? Was war nur geschehen? »Bitte bleiben Sie noch ein paar Minuten im Hotel, ich versuche, meinen Sohn auf dem Handy anzurufen und melde mich gleich noch mal bei Ihnen.« Es müsste doch eine Lösung zu finden sein. Die Frau versicherte mir, dass sie so lange warten würde, bis ich mich noch mal melde.

Mit zitternden Fingern wählte ich die Handynummer, nur um nach kurzem Klingeln die Stimme der Mailbox zu hören: »Der von Ihnen gewünschte Gesprächspartner ist zurzeit nicht erreichbar. Bitte versuchen Sie es später noch einmal.« Ich konnte es nicht fassen. Wir hatten doch klare Absprachen getroffen, und warum hatte er das Handy ausgeschaltet? Ich rief noch mal im Hotel an und die freundliche Dame versicherte mir, noch eine halbe Stunde abzuwarten.

Was sollte ich nun unternehmen? Ich versuchte, mich an die Namen der Schachfreunde zu erinnern, mit denen sich Basti hatte treffen wollen. Ich ging in sein Zimmer und zu seinem Schreibtisch. Mehrere Zettel lagen darauf herum und auf einem entdeckte ich Name und Telefonnummer eines der Schachfreunde.

»Bitte geh ran«, murmelte ich vor mich hin, als ich die Klingeltöne hörte.

»Berger«, meldete sich eine sympathische Stimme und aus mir sprudelte es nur so heraus: »Ich bin die Mutter von Bastian, er wollte sich heute mit Ihnen treffen. Er ist nicht im Hotel angekommen. Können Sie mir bitte helfen?«

Herr Berger blieb ruhig und sachlich, als er mir antwortete: »Das ist schon richtig. Ich und Herr Münchner haben ihn auch wie verabredet am Bahnhof getroffen, aber bereits heute früh um zehn Uhr. Gegen Zwölf haben wir ihn dann wieder am Bahnhof abgesetzt, weil ich zur Arbeit musste. Er wollte seine Koffer aus dem Bahnhofschließfach holen und ins Hotel gehen.«

Mein Herz schlug immer wilder, ich konnte es bereits in meinen Schläfen pochen hören. »Wissen Sie denn, ob er am Hotel angekommen ist? Hatten Sie denn später noch mal mit ihm Kontakt?« Ich klammerte mich an jeden Strohhalm, aber vergebens.

»Nein, wir haben seitdem nichts mehr voneinander gehört. Ich verstehe Ihre Aufregung und ich werde sofort bei Herrn Münchner anrufen. Vielleicht hat er sich ja bei ihm noch mal gemeldet. Ich rufe Sie dann zurück.«

»Oh ja, bitte! Das ist sehr nett von Ihnen.« Ein Lichtblick? Was sollte ich denn nun tun? Ja, genau: Beten!

Ich betete zu Gott und bat ihn, mir irgendwie zu helfen. Da fiel mein Blick auf Bastis Computer. Vielleicht konnte ich aus ihm mehr herausbekommen. Es schien endlos zu dauern, bis er hochgefahren war, Sekunden dehnten sich zu Stunden. Endlich konnte ich bei ihm ins Internet. Ich rief seine Kontaktliste auf. Der letzte aufgerufene Kontakt war das Mysterie-Forum. Ich klickte die Seite an und kam in das Forum dieser Community. Schnell fand ich einen Hinweis. An diesem Samstag sollte ein Forumstreffen stattfinden – in Köln! Sicher hat er sich mit diesen Leuten getroffen. Aber warum war er nicht ins Hotel gegangen und was war mit dem Handy? Ich wollte es gerade noch mal auf dem Mobiltelefon versuchen, als mein Telefon läutete. Basti?! Doch ich wurde enttäuscht.

»Hier Berger noch einmal. Ich habe gerade mit Herrn Münchner telefoniert. Leider weiß er auch nicht mehr als ich. Doch wir haben beschlossen, noch mal zum Bahnhof zu fahren und zu schauen, ob wir ihn dort finden. Allerdings sind wir dorthin mindestens eine halbe Stunde unterwegs, Köln ist ziemlich groß und wir wohnen beide in einem Randgebiet.«

Ich war überwältigt von dem Angebot und gleichzeitig den Tränen nahe. Aufgeregt erzählte ich ihm von dem Forumstreffen dieser mysteriösen Leute und fügte hinzu: »Leider weiß ich nicht, wo die Leute hingegangen sind. Lediglich, dass sie sich gegen 12.30 Uhr vor dem Kölner Dom treffen wollten.«

»Nun, dann werden wir dort mit der Suche beginnen«, versprach er mir, gab mir noch seine Handynummer und legte auf.

Ich fand das wirklich sehr freundlich und freute mich über die unerwartete Hilfe, doch war mir auch klar, dass es kaum möglich war, jemanden in einer Großstadt aufzuspüren. Ich hätte noch nicht mal in unserer Kleinstadt die Hoffnung gehabt, Basti zu finden, und die Zeit lief und lief und die halbe Stunde Wartezeit, welche die Hotelchefin mir eingeräumt hatte, war auch fast vorbei. Ich würde sie noch mal anrufen müssen, doch was sollte ich ihr sagen? Ich konnte sie ja nicht die ganze Nacht unverrichteter Dinge warten lassen. Ich fasste einen Entschluss und wählte die Nummer des Hotels. Die Frau nahm bereits nach dem zweiten Klingeln den Hörer ab und noch bevor sie sich melden konnte, sprudelte die letzte Hoffnung aus mir heraus: »Hat sich mein Sohn in der Zwischenzeit bei Ihnen gemeldet?« Mit Bedauern verneinte die Dame meine Frage und ich teilte ihr meinen Entschluss mit: »Dann fahren Sie jetzt bitte nach Hause. Ich denke nicht, dass es Sinn ergibt, noch lange zu warten. Ich danke Ihnen ganz herzlich für ihr Engagement.«

Die Frau drückte mir noch mal ihr Mitleid aus und wir verabschiedeten uns. Wenn Basti jetzt doch noch im Hotel auftauchen würde, stünde er vor verschlossenen Türen.

Meine Sorge wuchs, unruhig lief ich in der Wohnung auf und ab. Was konnte ich nun tun? Selbst mit dem Auto nach Köln zu fahren, würde viel zu lange dauern und ich kannte mich ja auch gar nicht aus. Und in meinem aufgeregten Zustand würde ich die weite Strecke ohnehin nicht ruhig bewältigen können. Und was, wenn Basti sich in der Zwischenzeit bei mir melden würde? Dann wäre ich nicht da, um ans Telefon zu gehen. Hektisch wählte ich noch mal seine Nummer. »Der von Ihnen gewünschte Gesprächs…«

Ich setzte mich an meinen Computer, wählte das christliche Forum an, in dem ich einige Freunde gefunden hatte, und startete einen Gebetsaufruf. Nur Gott wusste, wo mein Sohn war und nur Er konnte jetzt noch helfen und ihn finden. Prompt erhielt ich von zwei Freunden die Nachricht, dass sie mich im Gebet unterstützen würden. Auch ich setzte mich noch einmal hin und begann zu beten. Gerade als ich das Gebet mit einem »Amen« schließen wollte, läutete mein Telefon.

»Basti?!!«, rief ich hoffnungsvoll in den Hörer, doch ich wurde enttäuscht.

»Nein, hier ist noch mal Berger. Wir stehen nun vor dem Kölner Dom. Doch hier ist weit und breit nichts von Bastian zu sehen. Wir wissen nicht genau, was wir nun weiter tun sollen.« Seine Stimme klang entmutigt und hilflos, genauso, wie ich mich fühlte.

Doch da kam mir die nächste Idee: »Ich habe Basti gesagt, wenn er in eine Notlage gerät, soll er sich an die Bahnhofspolizei oder die Bahnhofsmission wenden. Vielleicht weiß man dort etwas über ihn?«

Herr Berger versprach mir, es zunächst bei der Bahnhofspolizei zu versuchen, viel Hoffnung hatten wir aber wohl beide nicht.

Was sollte ich jetzt nur weiter tun als beten, beten und beten – und mir im Hinterkopf noch größere Sorgen machen? »Herr Jesus Christus, du weißt genau, wo mein

Sohn ist und du kannst ihn zurückbringen. Bitte lass ein Wunder geschehen und lass Bastian wieder auftauchen.«

Nur wenige Minuten später klingelte erneut das Telefon und riss mich aus meinem Gebet.

»Berger«, tönte es wieder aus dem Hörer, »wir haben ihn.« Erleichterung durchflutete mein wild schlagendes Herz und Herr Berger redete auch schon weiter: »Wir saßen gerade bei der Polizei. Während Herr Münchner dem Beamten erklärte, was geschehen war, schaute ich gedankenverloren aus dem Fenster der Bahnhofswache und genau in diesem Moment sah ich Bastian draußen vorbeilaufen. Ich bin sofort rausgestürmt und habe ihn mir geschnappt. Seinen Koffer hat er immer noch im Schließfach und sein Handy liegt im Koffer. Deshalb konnte er auch nicht rangehen. Wir kümmern uns nun weiter um ihn.«

Und das taten die beiden Helfer auch. Es stellte sich heraus, dass Basti, gleich nachdem sie sich am Mittag getrennt hatten, den Treffpunkt aufgesucht hatte, an dem sich die Forumsmitglieder versammelten, und mit diesen dann zusammen in eine Kneipe gegangen war. Er war nun eben auf dem Rückweg zum Schließfach, als Herr Berger ihn erblickte. Gemeinsam gingen sie zu den Schließfächern, wo sie dann feststellten, dass sich Bastis Schlüsselkarte in seiner Hosentasche dermaßen verbogen hatte, dass sie unbrauchbar geworden war. Sie mussten also noch einmal die Bahnhofspolizei aufsuchen, die ihnen beim Öffnen des Schließfachs behilflich waren. Das gebuchte Hotel konnten sie allerdings durch die Verspätung nicht mehr aufsuchen, gemeinsam fanden sie jedoch ein sehr preiswertes Zimmer in einem anderen Hotel in der Nähe.

Basti rief mich dann auch in der gleichen Nacht noch an: »Hallo, ich sollte mich bei dir melden.« Er klang, als sei nichts geschehen.

»Ja, aber doch gleich am Abend, wenn du im Hotel bist.«

»Das mache ich doch gerade, ich bin jetzt im Hotel.«

»Aber du hättest den Schlüssel doch schon vorher abholen sollen.«

»Das hast du mir nicht gesagt. Du hast gesagt, ich soll vom Bahnhof die paar Meter zum Hotel laufen, mich anmelden und den Schlüssel abholen. Du hast keine Zeit gesagt.« Seine bemerkenswerte Ruhe wurmte mich ein wenig.

»Ich dachte ja, du gehst gleich nachdem du angekommen bist in das Hotel.«

»Davon hast du aber nichts gesagt. Du hast gesagt, ich soll vom Bahnhof die paar Meter …«

Ich unterbrach ihn, bevor er seinen Satz noch einmal wiederholen konnte. »Ich meinte damit, dass du gleich am Morgen oder am Mittag ins Hotel gehst.«

»Dann drück dich gefälligst in Zukunft deutlicher aus.«

AMBULANZ

Lebt man als Mutter über viele Jahre mit einem Autisten zusammen, dann ist das ganz schön kräftezehrend und nervenaufreibend. Mit der Zeit habe ich es daher nicht nur gelernt, die Nerven zu behalten und die Ruhe zu bewahren, sondern auch großen Stresssituationen einen gewissen Humor abzugewinnen. Manchmal, wenn wir uns in der Öffentlichkeit bewegen, ist es unter Umständen sehr spannend, die Reaktionen oder Nicht-Reaktionen der Menschen um uns herum zu beobachten.

Die Verhaltensweisen meines Sohnes sind oft sehr bizarr und Alltagssituationen, die für uns fast schon normal und alltäglich sind, wirken auf andere nicht nur merkwürdig, sondern manchmal sogar bedrohlich.

Es gibt viele Faktoren, die bei Basti Stress auslösen können, zum Beispiel Arzt- oder Klinikbesuche, besonders dann, wenn sich viele Menschen in den Warteräumen befinden oder die Termine nicht pünktlich auf die Minute vom Praxispersonal eingehalten werden.

Ich habe ich es mir angewöhnt, stets pünktlich auf die Minute Zeitabsprachen einzuhalten. Das ist nicht immer ganz einfach und hängt oft von der Straßenverkehrslage ab, aber irgendwie bekommen wir es meist hin, zeitgerecht anzukommen. Markus, der Sohn meiner Freundin Jana, möchte hingegen immer eine Stunde vor Beginn einer Veranstaltung eintreffen, seit er eigenes planerisches Handeln entwickelte. Leider möchte Basti nie warten und legt großen Wert auf absolute Pünktlichkeit.

Basti hat seit Jahren Essstörungen, was bei Autisten nicht ungewöhnlich ist. Irgendwann geriet er von einem leichten Unter- in ein starkes Übergewicht. Durch die autismusbedingte gestörte Wahrnehmung spürte er vermutlich über Jahre hinweg so gut wie kein Hungergefühl und ich musste sorgsam darauf achten, dass er regelmäßig und ausreichend Nahrung zu sich nahm. Um die Kontrolle zu behalten, füllte ich ihm bei den Mahlzeiten den Teller, den er dann meist auch leerte.

Vermutlich durch Tabletten, die eigentlich beruhigen sollen und auf deren Beipackzettel »appetitanregend« eingetragen war, wurde bei ihm dieser unnatürliche Appetit ausgelöst. Da ihm das Sättigungsgefühl fehlt, stieg sein Gewicht bald besorgniserregend. Schon Jahre bevor er sein erstes Vierteljahrhundert auf Erden verbracht hatte, überschritt sein Gewicht die 200-kg-Grenze.

Nicht nur die Organe und Knochen leiden darunter, sondern auch sein gesamtes Lymphsystem, was sich besonders an den Beinen bemerkbar macht. Durch die Wasseransammlung wurden diese sehr dick und er hat nun schon seit langer Zeit offene Beine und dadurch starke Schmerzen.

Er war eine ganze Zeit bei einer ortsansässigen Dermatologin in Behandlung, da diese jedoch nicht mehr viel ausrichten konnte, fuhren wir nun schon seit Jahren zirka einmal im Monat in die Uniklinik für Dermatologie nach Ulm-Söflingen.

Besonders in der Anfangszeit war das sehr anstrengend: Fremde Stadt, fremde Menschen, fremdes Gebäude. Die fremde Stadt und das fremde Gebäude wurden ihm mit der Zeit vertraut, nicht so die fremden Menschen, also blieb dieser Stressfaktor bestehen.

Weiteren Stress verursachte die längere Wartezeit. So stellte es eine große Anforderung an mich, dem Klinikpersonal beizubringen, dass wir nicht warten können, sondern pünktlich zum vereinbarten Termin aufgerufen werden wollen. Oft schon werden mich Ärzte oder Klinikpersonal für ziemlich zickig und unangenehm gehalten haben, wenn ich vehement auf die Einhaltung der Termine pochte. So wird mein Wunsch nach Pünktlichkeit oft in den verschiedenen Praxen ignoriert und dies war auch in der dermatologischen Ambulanz nicht anders.

Um eine längere Wartezeit zu überbrücken, haben wir ein bestimmtes Ritual eingeübt.

Man betritt die Klinikambulanz durch den Haupteingang und befindet sich sofort im Wartebereich. Rechts vom Eingang stehen zwei Getränkeautomaten, einer für heiße Getränke und einer für kalte. Links geht nach etwa zwei Metern ein langer Gang ab, auf dem sich zwei Anmelderäume befinden – kleine Zimmer, die gerade genug Platz für die Aufnahmesekretärin, ihren Schreibtisch und ein bis zwei Patienten bieten. Rechts in dem Gang führt eine Treppe in die höheren Stockwerke und danach kommen die Toiletten. Es schließen sich zu beiden Seiten des Ganges verschiedene Praxisräume an.

Ich ließ nun Bastian an der Straße aus dem Auto steigen und er ging schon mal vor, während ich nach einem Parkplatz für unser Auto suchte, um dann nachzukommen. Die ersten Male wartete er auf mich vor dem Eingang, aber nach einiger Übung und seinem Vertrautwerden mit der Klinik, betrat er schon mal den Wartesaal, holte sich einen Milchkaffee aus dem Automaten und setzte sich, möglichst weit weg von den anderen

Wartenden. Wenn ich dann die Klinik betrat, reihte er sich zusammen mit mir in der Schlange vor der Anmeldung ein, die mal länger und mal kürzer war. Er bestand stets darauf, gemeinsam mit mir einen der beiden engen Anmelderäume zu betreten.

Nach der Anmeldung setzten wir uns in den Wartebereich, nach Möglichkeit wieder weit genug entfernt von Mitpatienten, um den Aufruf der Schwester abzuwarten, die uns dann in eins der Sprechzimmer führte.

Leider funktionierte es zunächst nur sehr selten, dass wir termingerecht aufgerufen wurden, dann überbrückten wir die Zeit mit einem weiteren Automatenkaffee.

Durch diverse Krankheiten meiner Eltern und die ständigen Arztbesuche mit meinem Sohn, hatte ich mich schon lange daran gewöhnt, manchmal über Wochen und Monate hinweg meine gesamte Freizeit in Wartezimmern und Arztpraxen zu verbringen. Ich war meist gut ausgerüstet mit kalten Getränken, genug Kleingeld für Automaten, Lesestoff für mich und meine Pfleglinge und einer eisernen Geduld.

In der Ulmer Klinik klappte unser Ritual so lange, bis der Kaffeeautomat defekt war. Basti tobte und stieß wüste Beschimpfungen aus und als dann gleichzeitig mehrere Krankenschwestern zusammenliefen, musste ich ihnen das Dilemma eines Autisten mit einem nicht-funktionierenden Automaten erklären. Da Basti mit seinem Gebrüll also sogar die Schwestern aus den hintersten Praxisräumen alarmiert hatte, beschloss das Personal der Klinik, uns beide in Zukunft sofort nach der Anmeldung in das nächste freie Behandlungszimmer zu führen, um uns dort auf einen der diensthabenden

Ärzte warten zu lassen. Manchmal ist es ganz schön praktisch, einen tobenden jungen Mann bei sich zu haben …

Doch obwohl wir vom »Tag des defekten Automaten« an jedes Mal sofort in ein Behandlungszimmer kamen, hieß das noch lange nicht, dass sich auch sofort ein Arzt um Basti kümmerte. Die Wartezeit wurde also nur subjektiv verkürzt und manchmal musste ich zweimal das Zimmer verlassen, um meinen Sohn mit Kaffee-nachschub zu versorgen.

Das ging dann aber auch eine Weile ganz gut, bis wir eines Tages weit über eine Stunde warten mussten, Basti halbnackt auf der Liege und ich im Sessel des Arztes. Nach über 45 Minuten – für einen Autisten eine lange Zeitspanne – wurde er ungeduldig. Dies äußerte sich zunächst mal in Gequengel: »Wie spät?« und »Wie lange dauert es noch?« Oft konnte ich ihn beruhigen, indem ich ihn in ein Gespräch verwickelte, aber bei dieser langen Wartezeit, nur mit Sweat-Jacke und einem Schlüpfer bekleidet, funktionierte das nur begrenzt.

Nach etwa einer Stunde schickte er mich nach einer Schwester, um nachzufragen, wie lange es noch dauern würde. Im Schwesternzimmer erhielt ich die Antwort, dass es nicht mehr lange dauern würde. »Nicht mehr lange« ist aber für einen Autisten eine völlig inakzeptab-le Zeitangabe und so fing er an, über die Klinik, ihr unfähiges Personal und die miserable Terminplanung zu schimpfen. Zunächst hob er dabei nur leicht die Stim-me, wurde dann in seiner Schimpftirade immer lauter und steigerte sich schließlich in ein wütendes Gebrüll hinein, das mal wieder in jedem Raum zu hören gewe-sen sein muss.

Gerade als seine Stimme eine gehörschädigende Laut-
stärke erreicht hatte, die wohl selbst ein Flugzeug im
Landeanflug übertönt hätte, betrat eine Ärztin gemeinsam mit einer Schwester den Raum. Basti ließ sofort
sein Geschrei verstummen, setzte ein Siegerlächeln auf
und sagte in völlig gelassenem und beiläufigem Ton:
»Na also, geht doch.«

Der Ärztin schoss die Zornesröte ins Gesicht. »So
nicht«, sagte sie, drehte auf dem Absatz um und verließ
das Zimmer wieder.

Ich sah Basti betreten an und erkannte auf einen Blick,
dass das Maß nun voll war. Er griff wütend nach seiner
Hose, um sich wieder anzuziehen, und ich verließ den
Raum, um der Ärztin, die an diesem Tag das erste Mal
mit ihm zu tun hatte, nachzueilen, um noch zu retten,
was zu retten war.

»Entschuldigen Sie bitte«, sprach ich sie an und zwang
mich zu einer äußerlichen Ruhe, die in keinster Weise
mein aufgebrachtes Inneres widerspiegelte. »Mein Sohn
ist Autist, er hält seine Termine penibelst ein und erwartet das auch von anderen. Wir hatten um 13.30 Uhr
einen Termin und warten nun schon über eine Stunde.
Das ist typischerweise für einen Autisten absolut zu
lang. Zudem haben Sie sich im Ton vergriffen.«

Die Ärztin nahm ihre Schultern ein Stück zurück und
antwortete in barschem Ton: »Ich lasse mich doch von
seinem Geschrei nicht erpressen, und diese Bemerkung
von ihm war absolut provokant.«

»Er wollte sie nicht provozieren, sondern hat lediglich
eine Feststellung getroffen, auch wenn es sich vielleicht
in ihren Ohren …« Ich konnte meinen Satz nicht beenden, denn in diesem Moment öffnete sich die Tür des

Behandlungszimmers und ein völlig angekleideter junger Mann stürmte wutschnaubend an uns vorbei in Richtung Ausgang.

»Wo will er denn jetzt hin?«, fragte die nun doch sichtlich verwirrte Ärztin.

»Er will nach Hause«, antwortete ich, mich immer noch zu einem ruhigen Ton zwingend. »Er wird sich nicht von Ihnen behandeln lassen.«

»Aber er kommt doch jetzt dran, er kann nicht einfach davonlaufen, er muss dringend behandelt werden.« Die Ärztin schien gar nichts zu begreifen.

Langsam nahm auch meine Stimme einen zornigen Unterton an: »Sie sehen doch, dass er kann und ich werde ihn nicht dazu bringen können, sich heute noch hier behandeln zu lassen. Für mich ist das sehr ärgerlich, weil ich ungefähr eine Stunde Anfahrtszeit benötige, um hierher zu kommen und mir zudem von der Arbeit habe frei nehmen müssen. Dass er Autist ist und nicht warten kann, ist in seiner Akte groß vermerkt. Hätten Sie vor der Behandlung einen Blick hineingeworfen, hätten wir uns den ganzen Ärger sparen können.«

Ich war frustriert und wütend – weder auf Basti noch auf die Ärztin, sondern einfach auf die ganze Situation. Tränen waren mir in die Augen geschossen, die ich krampfhaft versuchte zurückzuhalten.

»Was machen wir denn nun? Können Sie ihn nicht zurückholen?« Ihr Verhalten schien der Ärztin nun leid zu tun.

»Ich kann es versuchen, die Chancen stehen aber nicht sonderlich gut. Bitte bleiben Sie hier stehen, ich gehe ihm nach und versuche, ihn zu beruhigen.« Ich verließ mit schnellem Schritt die Klinik und bewegte mich in

Richtung Parkplatz. Schon von Weitem sah ich meinen Sohn und rief ihm laut nach: »Basti, warte auf mich!«

Er blieb sofort stehen und wartete, bis ich ihn eingeholt hatte. »Was los?«, fragte er kurz angebunden.

Ich versuchte, ihn ruhig und sachlich dazu zu bewegen, mich wieder in die Klinik zu begleiten. Ich argumentierte, dass wir ja den langen Anfahrtsweg hinter uns hätten und auch die Wartezeit umsonst gewesen wäre.

»Auf keinen Fall!«, antwortete er energisch.

Ich kenne meinen Sohn und wusste, dass jedes weitere Bitten aussichtslos sein würde.

»Dann warte wenigstens im Auto auf mich«, seufzte ich. »Ich sage drinnen Bescheid, dass du nicht mehr kommen wirst. Zudem brauchen wir dringend Rezepte für Verbandsmaterial und Lymphdrainagen.« Ich hielt ihm den Autoschlüssel hin, den er entgegennahm, um sich damit in gleichmütigem Gang in Richtung Auto zu bewegen. Ich ging zurück in die Klinik, zwischenzeitlich wieder völlig gelassen.

Die wartende Ärztin war zerknirscht, stellte mir ohne Zögern die gewünschten Rezepte aus und versprach mir, sofort auf dem Umschlag der Akte einen dicken Vermerk anbringen zu lassen, dass Bastian Autist sei und Termine peinlichst eingehalten werden müssten. Nur mit dieser Zusicherung konnte ich Basti dazu bewegen, in Zukunft wieder mit mir in die Klinik zu kommen. Ich handelte mühevoll mit ihm eine Toleranzgrenze von 30 Minuten Wartezeit aus. Es hat aber seit dieser Zeit in der Klinik immer bestens geklappt und wir mussten selten länger als 15 Minuten warten.

Wir fuhren ungefähr drei Jahre monatlich in diese Klinik in Ulm-Söflingen, bis man uns bei einem unserer letzten Besuche mitteilte, dass die Klinik geschlossen und in einen Neubau der Uniklinik Ulm-Eselsberg umgesiedelt werden sollte. Das bedeutete für uns eine große Erleichterung, wegen des kürzeren Anfahrtsweges, der uns nicht mehr durch ganz Ulm führen würde. Der Umzug der Klinik sollte am 18. Mai 2012 erfolgen, am 10. Mai hatten wir unseren letzten Termin.

Nach unserem bewährten Ritual hatte Basti die Klinik zunächst allein betreten, während ich einen Parkplatz suchte. Er wartete am Rand des Wartesaales mit seinem obligatorischen Becher Milchkaffee auf mich und wir reihten uns in die Schlange vor der Anmeldung ein.

Basti hielt seinen Blick stur auf den Boden vor sich gerichtet und nippte immer wieder an seinem Kaffee. Da an diesem Tag nur ein Raum der Anmeldung besetzt war, standen ziemlich viele Leute da und es würde einige Zeit dauern, bis wir an der Reihe waren. Basti trank seinen Becher leer und ging zurück zum Automaten, um ihn in den Mülleimer zu entsorgen und sich eventuell einen neuen zu holen.

Doch dazu kam es nicht mehr, denn plötzlich hörte ich ihn laut schreien: »Diese Vollidioten, das sind doch alles Deppen hier, die sind doch alle zu blöd, ihr Hirn einzuschalten ...« Unter lautem Schimpfen stapfte er energisch auf mich zu und drückte mir ein eingeschweißtes Blatt in Din-A4-Größe in die Hand, das er wohl irgendwo heruntergerissen hatte. Erst jetzt bemerkte ich, dass einige solcher Blätter im gesamten Wartebereich an der Wand und den Türen klebten, eines davon jeweils an den Türen der Anmeldezimmer.

»… diese verdammten Drecksäcke … diese Nazi-schweine … zu blöd zu allem …«, brüllte er immer weiter und kam mit einem zweiten Blatt auf mich zu. »Hier, nimm!«, sagte er in ruhigem Befehlston, drückte mir auch dieses Blatt in die Hand, tobte sofort weiter und suchte nach weiteren Blättern.

Da ich nun schon zwei dieser Papiere in der Hand hielt, warf ich einen Blick auf den Text:

Sehr geehrte Damen und Herren,
wegen Umzugsarbeiten kann es heute, den 2. Mai 2012 leider zu längeren Wartezeiten kommen. Wir bitten Sie daher um Geduld und ihr Verständnis.
Ab dem 18. Mai finden Sie uns im Neubau der Uni-klinik auf dem Eselsberg. Auf Wunsch erhalten Sie an der Anmeldung die genaue Adresse und eine Wegbe-schreibung.

Eine unleserliche Unterschrift beendete dieses Schrei-ben.

Basti stapfte auch schon tobend und wutschnaubend auf mich zu, um mir ein weiteres Blatt in die Hand zu drücken. Ich weiß nicht, wo er all diese Zettel abriss, denn ich war viel zu sehr davon fasziniert, die anderen Wartenden zu beobachten. Die meisten starrten ange-strengt in die Luft oder sahen auf den Boden und als ich zu ihnen blickte, drehten sich einige Köpfe schnell weg, die meisten Menschen hatten einen bewusst unbeteilig-ten Blick aufgesetzt. Bereits zu Beginn des Schauspiels, das Basti ihnen bot, waren die meisten Gespräche um uns herum verstummt. Ich fühlte mich wie im Schein-werferlicht einer imaginären Theaterbühne.

Als Basti mir das vierte Blatt in die Hand drückte, durchbrach ich in ruhigem Ton sein Gekreische: »Könntest du vielleicht für die nächsten Minuten mal so tun, als gehörtest du nicht zu mir?«

Einige Augen schielten zu mir herüber, stierten dann aber erschrocken auf den Boden oder in eine Zeitschrift, als Basti nun mich laut anschnauzte: »Natürlich gehöre ich zu dir, du bist schließlich meine Mutter.«

So, das war nun für alle Anwesenden auch geklärt, allerdings war ich im Moment nicht sonderlich stolz drauf, gab aber keine Antwort.

Die Tür des Schwesternzimmers ging kurz auf und eine Schwester, die Basti mit seinem Geschrei aufgerüttelt hatte, schaute zu mir herüber. Ich lächelte sie an, zuckte mit den Schultern und winkte ihr kurz zu. Sie lächelte und winkte zurück und ging wieder in den Raum, aus dem sie gekommen war. Sie wusste nun Bescheid, es war alles unter Kontrolle.

Basti schleppte weiterhin die einzelnen Papiere herbei. Nach dem achten Schriftstück, das mir von ihm laut fluchend überreicht wurde, fragte ich ihn mit einem gewissen inneren Amüsement, das mir meine stoische Ruhe in solchen Situationen gewährt: »Ich komme mir langsam etwas dumm vor. Was soll ich denn nun mit den ganzen Zetteln machen?«

»Wirf sie einfach unauffällig weg oder leg sie, dass es keiner bemerkt, auf die Treppe.«

Ich musste nun doch etwas grinsen. »Unauffällig geht nicht, denn in der Zwischenzeit dürfte uns auch der taubste Mensch im Wartesaal bemerkt haben.«

Basti hatte schon einen Plan B: »Dann steck sie eben in deine Handtasche, aber mach die Zettel endlich weg.« Basti hatte ganz ruhig und sachlich mit mir gesprochen, in einem beiläufigen und gleichgültigen Ton, fing aber gleich wieder an zu brüllen, als sein Blick nun auf die letzten beiden Blätter an den Türen der Anmeldung fiel: »Nein!!! Diese Vollpfosten!!! Jetzt haben die auch noch HIER Zettel hingehängt. Die wollen uns wohl verarschen.«

Auch die letzten zwei Papiere wanderten zu dem Stapel in meinen Händen.

»Wirf sie endlich weg oder leg sie auf die Treppe, sollen DIE sich doch selbst darum kümmern!« Ein wenig Zorn schwang zwar immer noch in seiner Stimme mit, aber ich konnte deutlich den Stolz über seine Heldentat heraushören.

Ich bot ihm eine andere Lösung an: »Ich gebe die Zettel an der Anmeldung ab.«

Er reagierte nun gar nicht mehr, akzeptierte meine Aussage stillschweigend und stellte sich neben mich. Er hatte sogar vergessen, sich einen zweiten Kaffee zu holen. Zum Glück war die Schlange vor uns in der Zwischenzeit kürzer geworden und wir kamen wenige Minuten später dran.

Meist betrat er die Anmeldung als erster, aber an diesem Tag fasste er mich an den Schultern und schob mich vor sich her. Die Dame hinter dem Schreibtisch grüßte uns freundlich und in leisem Ton. Das Klinikpersonal war solche Auftritte von uns gewohnt. Ich legte ihr die Papiere auf den Tisch und schob sie näher zu ihr, damit sie einen Blick auf den Text werfen konnte.

Dann fragte ich sie sanft grinsend: »Den wievielten haben wir denn heute?«

»Heute ist der 10. Mai«, antwortete sie etwas verwundert. »Warum?«

Ich deutete auf eine Passage in dem Schreiben und klärte sie auf: »Schauen Sie mal, hier steht: ›heute, den zweiten Mai‹. Wir haben aber heute nicht den zweiten Mai sondern den zehnten. Der Zettel ist also schon lange überholt.«

Sie erwiderte ebenso sanft, wie ich sie angesprochen hatte: »Dieser Zettel gilt seit dem zweiten Mai und bis zum endgültigen Umzug.«

Ich versuchte, ihr die Denkweise meines Sohnes näherzubringen, ohne ihn auf die eine oder andere Weise bloßzustellen: »Hier steht aber nicht: ›ab dem zweiten Mai‹, sondern: ›heute, den zweiten Mai‹. Wir können es nun drehen und wenden, wie wir wollen, heute ist nicht der zweite, sondern der zehnte Mai.« Da sie mich weiter abwartend anschaute, fragte ich sie: »Wessen Unterschrift ist das denn unter dem Schreiben?«

Sie warf einen kurzen Blick auf die unleserliche Signatur und antwortete prompt: »Die des leitenden Chefarztes unserer Klinik.«

Ich schmunzelte: »So ein gravierender Fehler dürfte aber einem leitenden Chefarzt nicht passieren. Bitte lassen Sie das umgehend korrigieren.«

Die freundliche Dame blinzelte mir kurz zu und versprach mir, sich persönlich dafür einzusetzen, dass das Schreiben geändert werde und Basti war für den Rest des Tages beruhigt und setzte sein vertrautes Siegerlächeln auf. Der Tag war für ihn gerettet. Ihm machten nun nicht einmal mehr die verlängerten Wartezeiten etwas aus.

Als Mutter kann man aus solchen Situationen vieles lernen. Ich habe gelernt, Ruhe zu bewahren und vieles mit Humor zu betrachten. Ich habe auch gelernt, mit aggressiven Menschen klarzukommen und sachlich und freundlich auf sie einzugehen. Das bringt meist sehr viel mehr, als selbst unruhig oder gar laut zu werden. Mit ruhiger Gelassenheit und sachlichen Erklärungen kommt man sehr viel weiter, als wenn man sich von seinen eigenen aufgebrachten Gefühlen steuern lässt. Als Mutter ist es sehr wichtig, hinter seinem Kind zu stehen, auch wenn sein Verhalten anders ist, als zu erwarten.

AUF REISEN

Als Basti elf Jahre alt war, entwickelte er große Angst vor Bahnfahrten. Vorher war es kein Problem gewesen, mit ihm in der Bahn zu fahren. Ich weiß nicht, was diese Angst ausgelöst hat, vielleicht ein Attentat auf eine Bahn, aber das ist eine reine Mutmaßung. Diese Angst hörte nach ungefähr fünf Jahre auf, aber bis Basti sechzehn Jahre alt war, war es mir unmöglich, mit ihm in einer Bahn zu fahren. Ich konnte ihn noch nicht einmal mit zum Bahnhof nehmen, denn er weigerte sich beharrlich, einen Bahnsteig zu betreten.

Doch dann wollte er eine Schach-Trainer-Lizenz erwerben und dazu musste er nach Karlsruhe. Ich fuhr ihn mit dem Auto hin, sein Vater holte ihn nach den fünf Tagen Kursdauer ab und brachte ihn nach Hause. Da sein Vater so gut wie blind ist, mussten die beiden mit der Bahn fahren. Basti fühlte sich bei seinem Papa schon immer sehr behütet und seitdem stellte das Bahnfahren kein Problem mehr für ihn dar. Kurze Zeit später wollte er an einem Schachtreffen in der Nähe von Freiburg teilnehmen. Sein Vater, der in Freiburg wohnt, kam mit der Bahn zu uns angereist, übernachtete bei uns und fuhr am nächsten Tag mit ihm gemeinsam nach Freiburg. Wenige Tage später brachte er ihn zurück. Da Basti zwar minderjährig war und eine verbilligte Fahrkarte hatte, allerdings älter aussah, musste er seinen Ausweis vorzeigen. Der Fahrkartenkontrolleur warf einen Blick auf den Ausweis, stutzte und fragte Basti, ob er denn der bekannte Schachspieler sei. Basti fühlte sich richtig berühmt, war sehr stolz und wollte nun längere Strecken nur noch mit öffentlichen Verkehrsmitteln zurücklegen. Für mich war das eine wunderbare Fügung.

Kurze Zeit später wollte er an einem Schachtreffen in der Nähe von Aachen teilnehmen. Ich kaufte ihm am Ticketschalter eine Fahrkarte und ließ die Zugverbindungen raussuchen. Er traute es sich zu, allein zu reisen. Es ging alles gut, bis zu seiner Rückfahrt. Ein Schachfreund hatte ihn bereits einen Tag vor der geplanten Rückreise bis nach Köln mitgenommen und dort am Hauptbahnhof abgesetzt. Mitten in der Nacht, so gegen halb zwei klingelte mein Telefon. Basti meldete sich und sagte mir, er würde nun in Köln stehen und wisse nicht, wie er nach Hause kommen sollte, denn der auf der Fahrkarte eingetragene Zug würde erst am nächsten Nachmittag von Köln losfahren. Ich versprach ihm, eine Verbindung rauszusuchen, er möge mich eine halbe Stunde später noch mal anrufen. So wählte ich mitten in der Nacht die Servicenummer der Deutschen Bundesbahn, buchte sein Ticket um und konnte es sogar so organisieren, dass er es an einem bestimmten Schalter des Kölner Hauptbahnhofes abholen konnte. Das alles klappte hervorragend und er kam einige Stunden früher als geplant nach Hause. Er war mächtig stolz, dass alles so gut funktioniert hatte, das Bahnfahren war nun für ihn überhaupt kein Problem mehr und wir benutzten bei unseren Reisen fast nur noch Bahnen, U-Bahnen und Busse.

An dieser Stelle ein Lob an die Deutsche Bahn. Ihr Service ist wesentlich besser als ihr Ruf

Über das Projekt zur Erforschung von Autismus der Kinder- und Jugendpsychiatrie Marburg wurden wir eines Tages nach Jülich zu Untersuchungen eingeladen. In Jülich gibt es ein großes Forschungszentrum. Es liegt außerhalb der Stadt in einer großen parkähnlichen Anlage, die sicherheitstechnisch völlig abgeriegelt von der Außenwelt ist. Als wir dort ankamen, brauchten die Sicherheitsleute am Eingang über eine halbe Stunde, unsere Ausweise zu kontrollieren und unsere Daten in ihre Rechner einzugeben, um unsere Identität zu überprüfen. Das ist nötig, weil auf dem Areal auch Raumfahrt- oder Atomforschung betrieben wird. Kaum ein Außenstehender gelangt jemals in die Anlage, in der man sich an Agentenfilme erinnert fühlt. Es gibt verschiedene Forschungskomplexe, die weit voneinander getrennt liegen und nur mit dem Pkw zu erreichen sind. Wir wurden nach erfolgreichem Identitäts-Check vom Projektleiter persönlich in den Gebäudekomplex für medizinische Forschung chauffiert. Das war richtig spannend für uns. Er brachte uns in ein Krankenhaus, das genauso eingerichtet war, wie ein normales Krankenhaus, in dem sich aber nur ein einziger weiterer Patient aufhielt, wie uns die Nachtschwester, die für das gesamte Gebäude zuständig war, mitteilte. Alles in allem ein hochinteressantes Erlebnis, wie es wohl nur wenigen Menschen vorbehalten ist.

Auf der Rückfahrt ereignete sich allerdings ein kleiner Zwischenfall. Wir mussten mit der Regionalbahn nach Düren fahren, um dort nach Köln umzusteigen. Als die Bahn anhielt, stiegen zwei halbwüchsige Jungs zu uns in den Wagen. Sie standen nur wenige Meter von uns entfernt, als einer der beiden eine Schusswaffe zog. Ich dachte in dem Moment nur: »Hoffentlich sieht Basti das nicht und fängt an zu toben.« Zum Glück hatte dieser seinen Blick auf seine Fußspitzen gerichtet. Der Junge ohne Waffe sagte leise etwas zu dem Schützen, welcher seine Waffe schnell wieder wegsteckte, und sie stiegen kurz darauf aus. Ich atmete erleichtert auf und sagte keinen Ton zu Basti.

Basti schreibt schon lange für die Schachzeitschrift »Die Schwalbe«. Die Redaktion veranstaltet jedes Jahr ein mehrtägiges Treffen in einer anderen Stadt in Deutschland. 2010 fand dieses Treffen in Berlin statt und Bastian wollte zum ersten Mal daran teilnehmen. Da die jeweiligen Partner auch eingeladen waren, überredete er mich ebenfalls mitzukommen. Wir fuhren also gemeinsam nach Berlin. Basti war mit Abstand der jüngste Teilnehmer an dem Treffen und die meisten anderen Teilnehmer, die ihn ja nur von seinen Artikeln her kannten und noch nie zu Gesicht bekommen hatten, waren sehr überrascht, einen so jungen Mann zu sehen.

Am Tag nach unserer Ankunft hatte die Redaktion eine Spree-Rundfahrt organisiert. Wir Frauen saßen auf dem Oberdeck des Ausflugschiffes, die meisten Männer fachsimpelten unten über Schachstudien. Es war ein wunderschöner Tag, wenn auch ein wenig kalt und windig. Nach dieser Rundfahrt hatten wir noch etwa zwei Stunden zur freien Verfügung, die verbrachten Basti und ich gemeinsam mit zwei anderen Schachfreunden, – und nun raten Sie mal, was Schachfreunde machen, wenn sie in der Bundeshauptstadt sind. Sie würden nie darauf kommen, deshalb verrate ich es Ihnen: Wir suchten und fanden schließlich die Cordesstraße. Wahrscheinlich hat kein anderer Tourist diese

Straße je besichtigt. Für die drei Männer war das aber DIE Sehenswürdigkeit überhaupt, trotzdem wohl nicht einmal ein Berliner überhaupt weiß, dass es diese Straße gibt. Es handelt sich um eine gepflasterte Sackgasse, die zwischen alten Fabrikgebäuden auf einem stillgelegten Eisenbahngelände endet. Wir mussten durch halb Berlin fahren, um diese Straße zu erreichen und fanden sie zunächst fast gar nicht. Wir konnten auch nicht danach fragen, denn kaum jemand kennt ja diese Straße. Zum Glück hatte ich einen Stadtplan dabei. Als wir die Straße endlich gefunden hatten, liefen wir sie von vorn bis hinten hindurch und wieder zurück. Unterwegs erklärten mir die Herren, was es mit dieser Straße und ihrem Namensgeber auf sich hat:

Heinrich Cordes lebte Ausgang des neunzehnten und Anfang des zwanzigsten Jahrhunderts, war Eisenbahnbauinspektor, später Königlicher Regierungsrat und zuletzt Geheimer Baurat sowie Vorsteher der Eisenbahn-Hauptwerkstätte Grunewald. Das erklärt natürlich immer noch nicht, warum die drei Schachkomponisten, mit denen ich unterwegs war, sich für Herrn Cordes interessierten. Aber nun kommt das Interessante: Cordes war darauf spezialisiert, in seiner Freizeit Schachrätsel zu lösen und gewann sogar einige Lösungsturniere. Er verfasste nur äußerst selten eigene Schachkompositionen, doch er war dadurch in Schachkreisen bekannt, weil er eine Studie erstellt hatte, in der sich ein Läufer gegen eine Dame durchsetzt. Damit legte er den Ausgangspunkt für die Idee gegenseitigen Zugzwangs, was bedeutet, dass sich beide Spieler einer Schachpartie im Zugzwang befinden. Er war also DAS Idol meiner drei Begleiter schlechthin. Ich hätte mich mehr für die ausrangierten Güterwaggons am Ende der Straße interessiert, aber dafür blieb keine Zeit. Ich musste am Ende unserer Exkursion durch die Cordesstraße die drei Männer unter dem Straßenschild fotografieren, wobei sich herausstellte, dass auf dem Schild falsche Geburts- oder Todesdaten angegeben waren.

Zum Glück bin ich fast jedes zweite Jahr für mehrere Tage in Berlin, habe mir also die wirklichen Sehenswürdigkeiten der Stadt dennoch angesehen, denn die Cordesstrasse interessierte mich noch weniger als die Wasserstandsanzeigen der Donau in Budapest. Aber ich muss zugeben, dieser Ausflug war mal etwas anderes.

BLETCHLEY PARK UND LONDON

Der Besuch der Cordesstraße sollte nicht unsere letzte Besichtigung gewesen sein, die Basti und mich in die Geschichte des Schachs führte. Basti wollte seit Jahren unbedingt nach England und irgendwann erfüllte ich ihm seinen großen Wunsch. Natürlich wollte er nicht zu den bekannten Touristenattraktionen, sondern in den Bletchley Park. Kaum ein Deutscher hat je von diesem Park gehört, obwohl er nur etwa 70 Kilometer nordwestlich von London bei Milton Keynes liegt. In Bletchley waren im Zweiten Weltkrieg die bekannten British Codebreakers stationiert, denen es gelungen war, die Enigma, die berühmte Chiffriermaschine der Nazis, zu entschlüsseln. Der Park liegt auf dem Landsitz eines alten Herrschaftsanwesens an einem Telekommunikationsknotenpunkt, er war verkehrstechnisch sowohl von London als auch von Cambridge und Oxford leicht zu erreichen und lag bei einem solch kleinen Dorf, dass fremde Spione sofort aufgefallen wären. Den Briten gelang es tatsächlich, diesen Park bis 1973 geheim zu halten. Im zweiten Weltkrieg waren dort die klügsten englischen Köpfe beschäftigt, die nicht nur von den berühmten Universitäten kamen, sondern sich auch aus Kreuzworträtselgenies und großen Schachspielern zusammensetzten. Es wurden legendäre Schachpartien in dieser Anlage gespielt, die ich gemeinsam mit Basti auf dem im Park befindlichen Freiluftschachbrett nachspielen musste, – sonst hätte er keine Ruhe gegeben.

In der Zwischenzeit dürfte allerdings der Bletchley Park bekannter geworden sein und zwar durch einen James-Bond-Film. Da ging durch die Presse, dass Ian

Fleming, der berühmte Autor der Bond-Bücher, selbst Geheimagent der britischen Krone und in diesem Park stationiert war. Der Geheimdienstchef »M« aus seinen Büchern ist dem leitenden Major des Parks nachempfunden. James Bond erhielt seinen Namen deshalb, weil Fleming einen befreundeten Ornithologen mit diesem Namen kannte und ihn für den langweiligsten aber einprägsamsten Namen hielt, der ihm geläufig war. Die Orte, an denen die Filme spielen, sind meist Orte, die tatsächlich existieren und an denen Fleming bei seinen Einsätzen selbst gewesen war.

Basti interessierte sich nicht für Ian Fleming, sondern für die berühmten Schachgroßmeister und deren Partien. Auch die Geschichte der Pigeons, die Brieftauben, die im 2. Weltkrieg zum Einsatz gekommen waren und ihre Heimat in dem Park gehabt hatten, in dem sie ausgebildet worden waren, stieß bei ihm auf reges Interesse.

Wir waren mit der Bahn nach England gefahren. Da ich unseren Besuch in dem Park mit einer Besichtigung Londons verbinden wollte, hatte ich zusätzlich zu unseren drei Übernachtungen in Bletchley auch drei Nächte in einem Londoner Bed and Breakfast gebucht. Wir fuhren am Donnerstag, nach unserem letzten Besuch im Park, nach London zurück. Unser gebuchtes Hotel lag zwar in unmittelbarer Nähe des internationalen Bahnhofs St. Pancras, allerdings stellte es sich für Basti als Katastrophe heraus. Die Zimmer waren zwar teuer, aber so klein, dass nur Platz für ein Bett und einen winzigen Sanitärraum war. Wir kamen am Donnerstagnachmittag an und bezogen unsere zwei mickrigen Zimmer, die sich zu allem Unglück nicht nebeneinander, sondern in verschiedenen Gebäudetrakten befanden.

Als Basti sein Zimmer sah, tobte er sofort lautstark los: »Hier bleib ich nicht.« Und an mich gewandt: »Du mit deinem Drecks-London, ich wollte nie nach London.«

Ich versuchte ihn damit zu trösten, dass wir ja lediglich in den Zimmern schlafen und nicht wohnen wollten. Schnell brachte ich meine Sachen in mein Zimmer, ging wieder zurück zu Basti und wir zogen los auf unsere Erkundung durch die Weltstadt.

Da Basti tatsächlich nicht vorgehabt hatte, London zu besuchen und bereits vor Beginn unserer Reise nur deswegen rummeckerte, gestand ich ihm zu, dass er vorschlagen dürfe, welche Orte wir in London besuchen sollten. Ich wollte ebenfalls einige Sehenswürdigkeiten aussuchen und wir würden seine und meine aufeinander abstimmen. Zuerst fuhren wir deshalb zur Baker Street, weil sich dort ein Schachladen befindet. Basti stöberte über eine Stunde in den Schachbüchern und ich stand die meiste Zeit vor dem Laden und langweilte mich. Schließlich hatte er sich vier oder fünf Schachbücher rausgesucht, die in Deutschland nicht erhältlich sind und holte mich zum Bezahlen. Danach hatte er sich das als Museum umfunktionierte Haus des berühmten Sherlock Holmes in der Baker Street 221B rausgesucht. Das war für mich schon wesentlich interessanter als der Schachladen. Anschließend suchten wir das Hotel »Simpson's in the Strand«, welches schon immer ein Treffpunkt der Londoner Schachspieler war, denn es beherbergt immer noch ein Schach-Café. Tatsächlich befinden sich in den Glasvitrinen der Lobby alte Schachfiguren und Bilder von berühmten Spielern. Ich musste diese Vitrinen allesamt fotografieren, ebenso Basti, wie er vor dem Hotel steht, vor dem eine große Tafel mit einem Springer und dem Namen des Hotels aufgestellt ist. Um das Hotel zu erreichen, mussten wir ein ganzes Stück zu Fuß zurücklegen und da wir an diesem Tag bereits durch den Bletchley Park und die Baker Street gelaufen waren, waren wir ziemlich erschöpft, als wir gegen 21 Uhr in unserer engen Unterkunft ankamen.

Kaum war ich mit Basti auf dessen Zimmer angekommen, brüllte er schon wieder los: »Ich bleib hier keine Nacht, bei diesen Idioten, die gehören doch angezeigt. Ich möchte sofort ein anderes Zimmer, sonst hau ich ab. Die gehören doch bei der Menschenrechtskommission angezeigt!«

Ich versuchte vergeblich, ihn zu beruhigen. Also ging ich mit ihm gemeinsam zur Rezeption, wo wir erfolglos ein anderes Zimmer erbaten. Wir erzählten dem Mann, dass das Zimmer für Basti viel zu klein sei und er unmöglich darin drei Nächte verbringen könne. Ich wollte für Basti allein ein Doppelzimmer haben und war gewillt, einen Aufpreis zu bezahlen, obwohl die englischen Preise wegen des »schlechten« Eurokurses ohnehin ein großes Loch in unsere Reisekasse gerissen hatten. Es war kein Zimmer mehr frei. Also gingen wir gemeinsam wieder die schmalen Treppen zu Bastis Zimmer hoch. Ich kochte ihm einen Tee und hoffte, er würde sich beruhigen. Nichts zu machen, schon wieder hatte er angefangen laut herumzuschreien. »Unfähige«

war noch das harmloseste Schimpfwort, mit dem er mich wegen meiner Hotelwahl belegte.

Er schrie so lange und stieß die übelsten Verwünschungen aus, bis ich ihm versprach, meine Sachen zu packen, ihn abzuholen und mich mit ihm zusammen auf eine erneute Zimmersuche in London zu begeben oder die Reise gar abzubrechen. Ich bat ihn inständig, die paar Minuten abzuwarten, bis ich mit meinem Gepäck bei ihm sein würde. Ich rannte los, die Treppen hinunter, den Gang im Erdgeschoss entlang und die Treppen zu meinem Zimmer hoch. Hastig packte ich meine Sachen zusammen, schaute kurz noch mal alles durch, dass ich auch nichts vergessen hatte, eilte wieder die Stufen hinab, den Flur entlang, die Treppen zu Basti hoch und klopfte. Keine Reaktion! Ich klopfte wieder, diesmal kräftiger, wieder nichts. Ich presste ein Ohr an seine Zimmertür, doch nicht das leiseste Geräusch drang zu mir heraus.

Also verlegte ich mich auf Betteln: »Bitte, mach doch die Tür auf, bitte, bitte.« Stille. Irritiert lief ich runter zur Rezeption. Ich fragte den Mann hinter der Theke, ob er etwas von meinem Sohn wüsste und er erklärte mir, dass dieser kurz nachdem wir angekommen waren, das Hotel wieder verlassen hat. Als der Rezeptionist nach seinem Zimmerschlüssel verlangt hatte, hatte Basti ihm mitgeteilt, dass ich ihn habe, was aber nicht stimmte. Ich bat den Herrn um einen Ersatzschlüssel, doch es gab immer nur einen Schlüssel pro Zimmer. Also beschlossen wir, gemeinsam in Bastis Zimmer nachzusehen. Dort angekommen, öffnete der Mann die Tür mit seinem Generalschlüssel. Basti war nicht da, weder im Zimmer noch in dem engen Duschraum, lediglich der

Zimmerschlüssel, den der Mann sofort an sich nahm, lag auf dem schmalen Bett. Dann zeigte er plötzlich erschrocken zur Zimmerdecke hoch. Der Schwarz-Tee, den ich Basti gemacht hatte, war an der Decke gelandet und die dunkle Flüssigkeit hatte sich über die Zimmerdecke und die Wände verteilt. In der Zwischenzeit war ich nur noch ein Nervenbündel und den Tränen und einem Wutanfall nahe. Als der Mann mir dann auch noch sagte, dass das Zimmer auf unsere Kosten renoviert werden müsste, warf ich ihm einen solch aggressiven Blick zu, dass er wohl den Eindruck bekam, dass er nun mit seinem Leben spielt. – Er schnitt das Thema auch nicht mehr an und ich erhielt niemals eine Rechnung. – Panik löste nun meine Wut ab. Wo könnte Basti stecken?

Er war unzweifelhaft tatsächlich abgehauen, wie er es ja bereits angedroht hatte. Ich fragte den Mann, ob er denn gesehen hätte, welche Richtung mein Sohn eingeschlagen hat, doch er schüttelte nur wortlos den Kopf. Ich rannte aus dem Hotel, um mich auf die Suche nach meinem Sohn zu machen. In der Zwischenzeit hatte er einen gehörigen Vorsprung und ich war der Verzweiflung nahe. Ich rannte zur Internationalen Bahnstation, doch die lag einsam und verlassen da. Dann lief ich zur nächstgelegenen U-Bahnstation, doch auch hier konnte ich meinen Sohn nicht finden. Also rannte ich fast atemlos wieder zum Hotel zurück, in der Hoffnung, Basti könnte es sich zwischenzeitlich anders überlegt haben, doch der Mann hinter dem Tresen teilte mir mit, dass Basti immer noch nicht aufgetaucht war. Ich atmete kurz durch und rannte wieder los. Diesmal klapperte ich die umliegenden Kneipen ab, doch vergeblich.

Ich lief einen ganzen Straßenblock ab und wieder zurück ins Hotel, wo sich Basti immer noch nicht eingefunden hatte. Ich stellte mir vor, wie er ziel- und planlos durch London irrt und Tränen schossen mir in die Augen. Wütend wischte ich sie weg, atmete tief durch und begab mich erneut auf die Suche. Endlich fiel mir ein, dass Gott in Köln bei dem verschollenen Basti gewesen war und mir vielleicht jetzt auch helfen konnte, also fing ich an, laut zu beten: »Jesus Christus, bitte hilf, dass ich ihn finde, denn du weißt, wo er ist.«

Weiter kam ich gar nicht, denn wie eine Eingabe Gottes schoss mir der Gedanke durch den Kopf, dass Basti vielleicht wirklich eine Anzeige bei der Polizei gemacht haben könnte. Ich fragte den nächstbesten Passanten, ob er wisse, wo sich die Polizeistation befindet und er konnte mir zum großen Glück gleich Auskunft geben. Ich wechselte die Straßenseite und hastete in die Richtung, in der angeblich die Polizeistation sein sollte. Ich war nur wenige Schritte gelaufen, da bog Basti um die Ecke und ich sah ihn auf mich zukommen.

Wie bei der Suche nach meinem Sohn in Köln, hatte Gott mir wieder geholfen und ich schickte erleichtert ein Dankgebet zu meinem Vater im Himmel.

Basti berichtete in völlig gelassenem Ton: »Ich wollte nicht, dass du ein anderes Hotel suchen musst oder das Zugticket umbuchst. Das wäre doch beides viel zu teuer. Also bin ich abgehauen, weil ich gesehen habe, wie sehr du dich über die Situation mit dem Zimmer aufgeregt hast, und dachte, du beruhigst dich dann wieder.«

Tolle Logik, die ich überhaupt nicht nachvollziehen konnte. Ich fragte zaghaft: »Heißt das, du bleibst in diesem Zimmer?«

Ein genervtes »Ja« war die Antwort.

»Ich hab mir große Sorgen um dich gemacht.«

»Du hättest ja wissen können, dass Gott bei mir ist. DU betest doch schließlich immer.« Auch 'ne tolle Logik. Es wäre schöner gewesen, er hätte mir im Hotel einfach seinen neuen Entschluss mitgeteilt und mich nicht durch seine Flucht in Panik versetzt. Bevor wir ins Hotel zurückgingen, machten wir noch einen kurzen Halt in einem Pub und tranken ein Guinness. Dabei erzählte er mir, dass er tatsächlich bei der Polizei gewesen war und eine Anzeige gegen den Hotelbetreiber wegen Verletzung der Menschenrechte habe aufgeben wollen. Die Polizisten hatten ihm aber erklärt, dass nicht sie dafür zuständig seien, sondern die Menschenrechtsorganisationen, bei denen er aber vermutlich mitten in der Nacht niemanden antreffen würde.

Er ging dann tatsächlich in seinen Hamsterkäfig zurück. Wir verabredeten, dass ich am nächsten Morgen um 6.30 Uhr in sein Zimmer kommen sollte, damit wir uns auf den Weg zu unserer Erkundungstour durch London machen konnten.

Als ich Tags darauf pünktlich zu ihm wollte, war auf der Treppe kein Durchkommen möglich. Eine Matratze hatte sich mitten in der engen Wendeltreppe verkeilt. Mir schwante Schlimmes. Tatsächlich sah ich dann die Bescherung in seinem Zimmer. Er hatte die Matratze rausgeworfen und die Bettdecke auf die Federung des Bettgestells gelegt, worauf er dann lag.

»Warum hast du denn deine Matratze rausgeworfen?«

Er fing gleich wieder an zu toben: »Diese Drecksmatratze, die ist viel zu weich, da kann keiner drauf schlafen, da roll ich immer runter.« Er schrie das so laut, dass wohl im gesamten Gebäudekomplex nun auch kein anderer mehr schlafen konnte, ungeachtet der Konsistenz seiner Matratze. Ich bat ihn im Flüsterton doch etwas leiser zu sein. Er zog sich rasch an, denn er wollte so schnell wie möglich aus seinem Zimmer raus. Als wir dann zusammen im Treppenhaus standen, sah er selbst, dass er keine Chance haben würde, an der verkeilten Schlafunterlage vorbeizukommen, nicht mit seiner 200-Kilo-Figur. Selbst ich hatte ja Mühe gehabt, mich daran vorbeizuquetschen. Ich hatte eine Idee. Mit Gewalt gelang es mir, die Matratze nach oben und in sein Zimmer zu zerren. Dort drückte ich sie in den schmalen Spalt zwischen Bett und Fenster und zwar so, dass sie auf der langen Kante stand.

»So, nun kannst du wenigstens nicht mehr aus dem Bett fallen«, sagte ich stolz. Tatsächlich war das Bett nun auf dreieinhalb Seiten von Wänden und der Matratze umgeben. Basti war tatsächlich einverstanden.

Nun gingen wir zunächst einmal in ein »Pret a Manger«, das ist eine in London gegründete Fastfood-Kette, in der man alles bekommt, was man für ein tolles Frühstück braucht: warme Croissants mit oder ohne Schokolade, Sandwichs, frische Früchte, leckere Joghurts, Kaffee, Tee, Smoothies, aber auch frische Salate und vieles andere mehr. Wir deckten uns gleich mit Proviant für den Tag ein und zogen los, um London erneut unsicher zu machen. Am Ticketschalter der U-Bahn überredete mich Basti zum Kauf zweier teurer Eintrittskarten für den Londoner Tower.

Unser erstes Ziel war die Park Lane Avenue mit dem gleichnamigen Park Lane Hotel zwischen Hydepark Corner und Green Park Station. Basti wollte da unbedingt hin, denn 1986 hatte dort die Schachweltmeisterschaft zwischen Karpow und Kasparow stattgefunden. Eine Metallplatte an einer der Wände des Hotels zeugt von diesem legendären Turnier, das Kasparow gewann, der somit seinen Weltmeistertitel verteidigte. Dieses Turnier, das im Mirror Room des Hotels ausgetragen wurde und gar nicht hätte stattfinden sollen, hat Schachgeschichte geschrieben, mit der ich aber nun nicht langweilen möchte.

Basti wollte sich jedenfalls unbedingt vor der Metalltafel fotografieren lassen. Da wir uns Zeit gelassen und unterwegs noch Rast im Hyde Park eingelegt hatten, kamen wir erst gegen elf Uhr am Park Lane Hotel an. Auch dieser Tag war – wie alle Tage unserer Englandreise – ungewöhnlich heiß. Ich trug kurze Hosen, das einzige Paar, das ich mitgenommen hatte, weil ich mit einem regnerischen Urlaub gerechnet hatte, und ein T-Shirt. Basti trug wie immer seine Jeans und die obligatorische langärmlige Sweatjacke. Als wir das Hotel betraten, stellte ich schnell fest, dass wir da überhaupt nicht hineinpassten, denn es schien ein sehr vornehmes Hotel zu sein. Tatsächlich zählt es zu den Londoner Luxushotels. Basti störte das nicht. Er durchquerte zielstrebig die Hotellobby zur Rezeption, vorbei an schmuckbehangenen Damen mit Stöckelschuhen und Männern in teuren Anzügen, die an mit Silber und Kristall eingedeckten Tischen saßen und sich gedämpft unterhielten, während befrackte Diener sich darum bemühten, ihnen jeden Wunsch von den Augen abzulesen. Ich fühlte mich in meiner billigen, durchschwitzten Kleidung ungefähr so fehl am Platz wie Aschenputtel beim Wiener Opernball. Also blieb ich im Eingang zur Lobby stehen und versuchte, mich möglichst unsichtbar zu machen.

Basti kam nach wenigen Minuten strahlend zurück und verkündete fröhlich: »Der Mirror Room ist gleich im unteren Stock, wir müssen nur hier runter.« Er zeigte auf Treppen, die neben uns in die untere Etage führten und ich atmete erleichtert auf. Mir war das ziemlich peinlich, so verschwitzt in diesem Edelhotel rumzustehen. Tatsächlich fanden wir sofort den Mirror Room, den wir allerdings nicht betreten konnten, weil darin eine Tagung stattfand. Wir konnten lediglich einen Blick durch die mit Fenstern versehene Flügeltür werfen. Basti war das zwar egal, er wollte trotzdem hinein, doch ließ er sich von mir zurückhalten. Ich ging nur kurz zur Toilette, die sich ebenfalls hier unten befand und dann stiegen wir unverrichteter Dinge wieder zur Lobby hoch. Aber so schnell gibt mein Sohnemann nicht auf. Noch bevor ich ihn aufhalten konnte, stapfte er wieder an den Hotelgästen und den Dienern vorbei und machte sich ein zweites Mal auf den Weg zur Rezeption. Auch diesmal kam er glücklicher zurück, als er mich verlassen hatte. »Die Tagung geht nur bis ungefähr 19 Uhr. Wir müssen also heute Abend noch mal hierher kommen.«

Wir verbrachten die nächsten zwei bis drei Stunden im Gras liegend im Green Park, durchquerten den Park dann in Richtung Buckingham Palace, bewunderten das Gebäude und die Gardesoldaten mit ihren Bärenfellmützen und fuhren mit der U-Bahn weiter zum Tower. Die Tickets waren sehr teuer gewesen, doch anstatt den Tower nun auch zu besichtigen, setzte sich Basti in der

Nähe des Eingangs auf eine Bank und las in einem seiner neuerworbenen englischen Schachbücher. Ich hätte mir sein Ticket sparen können.

Danach fuhren wir zurück ins Hotel, denn Basti wollte sich etwas hinlegen. Doch bereits nach etwas mehr als einer Stunde, so gegen 18.30 Uhr klopfte er an meine Zimmertür: »Wir müssen los.«

Ich hatte keine Ahnung, was er von mir wollte: »Wohin denn?«

»Na ins Park Lane Hotel. Der Mann von der Rezeption hat gesagt, wir sollen am Abend noch mal kommen.« Ich hatte gar nicht mehr daran gedacht, es eigentlich schon als »erledigt« abgehakt und nicht die geringste Lust, mich noch mal durch die halbe Stadt auf den Weg zu machen. Doch Basti klang sehr entschlossen. Der Mirror Room war für ihn die Touristenattraktion schlechthin in London und ich hatte mich zu fügen.

Diesmal sparten wir uns den Weg zur Rezeption und stiegen gleich die Treppen zum Untergeschoss hinab. Der berühmte Raum, der seit der Schachweltmeisterschaft 1986 nicht mehr verändert wurde, war dunkel und abgeschlossen. Also mussten wir wieder hoch, ich bezog meinen Posten am Eingang, während Basti sich zwischen den eleganten Menschen hindurch einen Weg zur Rezeption bahnte. Von meinem Standort aus konnte ich zwar die Lobby, nicht aber die Rezeption einsehen. Ich wartete ... und wartete ... und wartete ... Basti blieb verschwunden. Er konnte doch unmöglich immer noch an der Rezeption stehen. Endlich, des langen Wartens müde, ging ich ebenfalls durch die Ladies und Gentlemen hindurch bis zum Ausgang der Lobby, stieg die paar Stufen hoch und da sah ich ihn, wie er gelangweilt vor der Rezeption herumstand. Ich atmete erleichtert auf und fragte, was denn los sei.

»Der freundliche Mann hier an der Rezeption hat den Sicherheitschef gerufen. Ich warte nun, bis er endlich da ist. Scheint ein vielbeschäftigter Mann zu sein.«

In Gedanken sah ich schon einen muskelbepackten 2-Meter-Riesen auf uns zukommen, uns beide am Kragen packen und nach draußen verfrachten, daher fragte ich zaghaft: »Basti, sollen wir nicht lieber verschwinden?«

Er warf mir einen Blick zu, als hätte ich ihn gefragt, ob er nicht ein rosa Ballkleid anziehen will: »Da sieht man es mal wieder, du hast doch keine Ahnung«, antwortete er mir, als sich auch schon die Fahrstuhltür neben der Rezeption öffnete und ein gutaussehender Mann mit arabischem Aussehen heraustrat. Er trug einen Pinguinfrack mit langen Rockschößen und weiße Baumwollhandschuhe. Er wechselte ein paar Worte mit dem Mann an der Rezeption, welcher dabei auf uns deutete. Dann trat er auf uns zu und reichte erst mir, dann Basti die Hand, während er sich als Security Chief des Hotels vorstellte und uns aufforderte, ihm zu folgen. Anscheinend hatte er nicht vor, uns des Hotels zu verweisen, sondern steuerte zielstrebig auf den Eingangsbereich und die Treppen ins Untergeschoss zu. Er schloss uns die Tür zum Mirror Room auf und bat uns, einen Moment zu warten, während er den Raum betrat und in einem kleinen Nebenraum die Lichtschalter betätigte.

Endlich schienen wir unser Ziel erreicht zu haben und ich musste auf Bastis Befehl den gesamten Raum aus verschiedenen Blickwinkeln fotografieren. Doch die große Metalltafel, die von der Schach-WM kündete, war nirgends zu sehen. Basti erklärte dem Mann, dass er unbedingt vor der Tafel fotografiert werden wollte und dieser sah ihn ratlos an. Er wusste nichts von einer Tafel. Doch Basti ließ nicht locker und so zog der Mann ein Handy aus der Tasche und wollte bei der Hoteldirektion anrufen. Basti bat ihn, den Direktor zu fragen, ob er anschließend mit ihm reden könnte. Als der Frackträger das Gespräch beendet hatte, berichtete er uns, dass er nun nicht nur wisse, wo sich die Tafel befindet, sondern auch einen Gesprächstermin für uns mit dem Hoteldirektor verabredet hat. Dann bat er uns, den Raum wieder zu verlassen, löschte die Lichter und schloss hinter uns ab. Geheimnisvoll ersuchte er uns, ihm zu folgen und keine Angst zu haben. Ich hatte bei unseren früheren Besuchen im Untergeschoss gar nicht bemerkt, dass es einen weiteren Treppenaufgang gab, denn dieser lag etwas versteckt im Dunkeln. Der Mann zog nun eine Taschenlampe aus seinem Frack und beleuchtete damit die Treppen, während er vor uns hastig hinaufstieg. Wir konnten durch den schwachen Strahl der Lampe nicht viel erkennen, folgten ihm jedoch bereitwillig. Wir stiegen Treppen hoch und gingen Flure entlang, die mit weichen hochflorigen Teppichen ausgelegt waren. Schnell hatte ich die Orientierung verloren und bat den Mann, dessen Abstand zu uns sich vergrößert hatte, etwas langsamer zu gehen. Im Schein der Taschenlampe konnte ich mahagonivertäfelte Wände erkennen, als wir einen Gang entlangliefen, in dem sich Nischen mit Tischen und Polstersesseln befanden. Endlich blieb er vor einer Tür stehen, zog einen Schlüsselbund aus der Tasche und schloss auf, während er uns erklärte, dass es sich um den Eingang zum Ballsaal handeln würde, in dem sich die Metalltafel befinde. Tatsächlich hatten wir diese Tafel schnell entdeckt, als er die Wände beleuchtete. Basti bat mich, die Tafel zu fotografieren, dann ihn selbst, wie er davor steht und schließlich mussten wir uns beide rechts und links der Tafel aufstellen, dem Security-Mann unsere Digitalkamera aushändigen und er fotografierte uns beide. Er hatte die ganze Zeit kein Licht gemacht und so folgten wir dem Schein seiner Taschenlampe, bis wir durch eine Tür wieder den Eingangsbereich erreicht hatten. Dann wies er uns den Weg zum Büro des Managers. Dieser war sehr freundlich zu uns und bedankte sich für die kostenlose Werbung, nachdem Basti ihm vorgeschlagen hatte, in verschiedenen Schachzeitschriften das Hotel zu beschreiben.

Erst gegen 22 Uhr, nachdem wir unweit unseres B&B eine Pizza verdrückt hatten, kamen wir wieder zu diesem zurück. Bastian ertrug die restlichen zwei Nächte zwar widerwillig, aber ohne weitere Schwierigkeiten in seinem Zwergenzimmer und wir hatten noch richtig interessante Tage in London, in denen wir endlich die Sehenswürdigkeiten besichtigten, die nicht in einem Schachführer stehen, sondern in normalen Reiseprospekten.

KRIPO

Eine entsetzliche Tragödie hatte sich bei uns zu Hause am 8. Juli 2012 zugetragen. Um einen besseren Einblick in dieses Unglück zu gewähren, ist es nötig, ein wenig auszuholen.

Meine Mutter, Bastis Oma, ist seit einiger Zeit an Alzheimer-Demenz erkrankt. Im März 2012 hatte sie einen leichten Herzinfarkt und musste eine Woche lang ins hiesige Krankenhaus. Wie bei meinem Sohn verursachten die ungewohnte Umgebung und die fremden Menschen für sie einen großen Stress, der zu einer rapiden Verschlechterung ihres Zustandes führte. Wieder zu Hause verbesserte sich ihr Zustand nur unwesentlich.

Als sie gerade mal eine Woche nach ihrer Entlassung wegen eines Sturzes, bei dem sie sich einen komplizierten Oberschenkelbruch zuzog, noch einmal in die Klinik eingewiesen wurde, diesmal für mehrere Wochen, verschlechterte sich ihr geistiger Zustand gravierend.

Für meinen Vater und mich war das nur schwer zu ertragen. Wir besuchten meine Mutter, soweit möglich, jeden Tag, sobald ich Feierabend hatte, und trafen sie meist in einem verwirrten Zustand vor. Einmal behauptete sie, sie hätte kein einziges Nachthemd in der Klinik und beschwerte sich darüber telefonisch bei Freundinnen oder Verwandten. Dabei trug sie ihr eigenes Nachthemd bereits am Leib, als wir nachmittags in die Klinik kamen, und dreizehn weitere lagen in ihrem Schrank. Sie beschuldigte mich, gleich nachdem wir ihr Krankenzimmer betreten hatten, ich würde sie vernachlässigen.

So leicht ich den Autismus meines Sohnes oft mit Gelassenheit und Humor ertragen kann, so schwer machte mir der Zustand meiner Mutter zu schaffen. Sie war stets eine ruhige und liebevolle Mutter gewesen, die viele Freunde und immer ein Herz für andere Menschen hatte, insbesondere für ihre Familienmitglieder. Ihre Erkrankung machte sie allerdings manchmal richtig aggressiv und veränderte sie so sehr, dass ich oft meinte, eine Fremde hätte sich im Körper meiner Mutter häuslich niedergelassen.

Ich erinnerte mich, dass ich eines Freitagabends von ihr angerufen wurde. Sie erklärte mir ganz aufgeregt, dass ihr Hörgerät nicht mehr funktionieren würde. Ich versprach ihr, das Gerät am nächsten Morgen abzuholen und es gleich zu einem Akustikspezialisten zu bringen.

Am Samstag fuhr ich also um 8.45 Uhr in die Klinik, um ihr Hörgerät abzuholen, damit ich es gleich bei Ladenöffnung um neun Uhr zum Mechaniker bringen konnte. Als ich bei ihr in der Klinik ankam, wusste sie nichts mehr davon, dass ihr Hörgerät defekt gewesen sein soll, sie sagte mir, es würde wunderbar funktionieren. Allerdings sei ihr Gebiss verschwunden. Sie müsse es im Laufe des vergangenen Abends verloren haben, sie wisse allerdings nicht wo.

Ich sprach mit der Stationsschwester, die mir erzählte, dass meine Mutter am Abend vorher gedacht habe, sie sei zu Hause, und ihr Zimmer verlassen hätte, um aus dem Keller Sekt zu holen. Eigentlich hätte sie wegen ihres Beinbruchs noch gar nicht aufstehen dürfen, bis aber die Schwester gekommen war, die von ihren Mitpatienten alarmiert worden war, hatte meine Mutter die Station bereits verlassen. Die Schwester fand sie, begleitete sie in ihr Zimmer zurück und stellte dann fest, dass meine Mutter gar kein Gebiss mehr im Mund hatte. Da sie sich nicht erinnerte, wo sie es verloren hatte, kam nicht nur ihr Zimmer dafür in Frage, sondern das halbe Stockwerk. Das war für sie aber kein großes Problem.

»Dann fahr halt schnell in einen Laden und kauf mir ein Neues«, bat sie mich, als wäre das die größte Selbstverständlichkeit der Welt.

Ich sah das aber nicht ganz so einfach: »So ein Gebiss bekommt man nicht mal eben bei Aldi oder im Kaufland«, klärte ich sie auf.

»Du hast ja noch gar nicht geschaut«, stellte sie fest, »irgendwo wirst du ja wohl eins herbekommen.« Da sie das Problem bei dieser Besorgung ganz woanders sah als ich, fügte sie schnell noch hinzu: »Wenn du Geld brauchst, das soll dir dein Vater geben.«

Ich seufzte und begann damit, ihr Gebiss zu suchen. Zuerst sah ich in ihrem Nachttisch nach, der neben dem Bett stand und vollgestopft war mit Zeitschriften, einer angefangenen Schachtel Slipeinlagen, Obst und Joghurts, das sie beides hortete, Hörgerätebatterien und Cremetiegeln. Ich räumte erst mal diesen Nachttisch aus und wieder ein, sorgsam darauf bedacht, auch nichts zu übersehen.

Dann nahm ich mir den Kleiderschrank vor, räumte ihn aus, griff in jede Tasche, die sich an einem Kleidungsstück befand, räumte ihn wieder ein und machte mich danach im Sanitärraum auf die Suche. Ich holte mir aus dem Stationsschrank Latexhandschuhe und leerte sogar den Mülleimer, in dem einige volle Inkontinenz-Windeln auf ihre endgültige Entsorgung warteten. Jede einzelne habe ich auseinandergenommen, um zu schauen, ob Mutter ihr Gebiss wohl darin eingewickelt hatte. – Keine Spur von Mutters Beißerchen. Also alles noch mal von vorn. Als ich gerade dabei war, den Nachttisch zum zweiten Mal wieder einzuräumen, unterbrach mich eine der Zimmernachbarinnen und erteilte mir die Erlaubnis, ihren Schrank zu durchsuchen, einschließlich ihrer Kleidung. Auch die dritte Frau im Zimmer war einverstanden. Also holte ich neue Handschuhe und machte mich über die Kleidung der beiden freundlichen Frauen her. Wieder nichts.

Mutter bat mich wiederholt, doch einfach mal im Netto oder Penny nach einem neuen Gebiss zu schauen und wenn ich nicht immer mehr in Stress geraten wäre, der mir die Tränen in die Augen trieb, wäre das vielleicht ganz lustig gewesen.

Zwischendurch erinnerte sich meine Mutter, dass sie die künstlichen Zähne in so ein eckiges Ding getan hatte, wobei sie sich nicht mehr daran erinnern konnte, worum es sich bei diesem »eckigen Ding« gehandelt haben konnte. Als ich den Nachtschrank das vierte Mal ausräumte, es war bereits nach zwölf Uhr, stutzte ich, als ich zum wiederholten Mal die Schachtel mit den Slipeinlagen in den Händen hielt. Diese Verpackung war unzweifelhaft ein »eckiges Ding« und als ich sie öffnete, fand ich darin neue Slipeinlagen, ein gebrauchtes Papiertaschentuch, eine Packung Hörgerätebatterien, einen schmutzigen Kamm – und das Gebiss.

Solche Geschehnisse kamen in ihrer Klinikzeit immer öfter vor. Die Sache wurde zusätzlich dadurch erschwert, dass sie dreimal in die Intensivstation verlegt werden musste, weil ihr Kreislauf zusammengebrochen war, sie war ja schwer herzkrank und wir mussten so manches Mal um ihr Leben bangen.

Meine Mutter wurde nach knapp vier Wochen Aufenthalt im Krankenhaus in eine geriatrische Reha-Klinik in der Umgebung verlegt. Zunächst verschlechterte sich durch diesen Ortswechsel ihr Zustand noch mal, veränderte sich aber auch wieder zum Positiven. Die Betreuung durch das Klinikpersonal war natürlich wesentlich besser als die des Kreiskrankenhauses, die Schwestern waren ganz anders geschult und den Umgang mit älteren oder dementen Menschen gewohnt.

Als meine Mutter zwei Wochen in der Reha war, bat mich der Chefarzt zu sich. Ihm war nicht entgangen, dass ich meine Mutter fast täglich besuchte, Eis und selbstgebackenen Kuchen mitbrachte und nicht nur sie, sondern auch ihre Mitpatienten damit verwöhnte.

Durch meinen Sohn war ich wohl zu einer Glucke mutiert, was sich auf das Verhalten meiner Mutter gegenüber übertrug. Längst schon hatte ich auch meinen Humor und meine Gelassenheit wiedergefunden, reagierte allerdings auch immer mal wieder gereizt. Durch meine Mehrfachbelastung – Mutter mit Alzheimer, Sohn Autist, dazu Stress am Arbeitsplatz, zwei Haushalte reinhalten und einen 800 Quadratmeter großen Garten bearbeiten – waren meine Nerven manchmal sehr überlastet. Es verging ja wochenlang nicht ein Tag, an dem ich nicht in irgendeiner Klinik war, entweder bei Mutti oder mit Basti in der Uniklinik Ulm.

Dem Chefarzt der Reha war meine Fürsorge nicht entgangen und er sah mich als richtigen Ansprechpartner an, was die Belange meiner Mutter betraf. »Mich würde mal interessieren, wie Sie Ihre Mutter wahrnehmen, was ihre Demenzerkrankung betrifft«, sprach er mich an, nachdem er mich aus der Krankenhausküche in einen Nebenraum gewunken hatte.

Ich antwortete ihm, indem ich mein Erleben mit meiner Mutter und meinem Sohn schilderte: »Wissen Sie«, holte ich aus, »ich habe einen Sohn, der ist Asperger-Autist. Wenn er sich an einem fremden Ort befindet, unter fremden Menschen und mit fremden Geräuschen, gerät er in Stress. Er wird dann schnell unsicher und gereizt und reagiert manchmal höchst aggressiv. Ob Sie es glauben oder nicht, meine Mutter wird ihm im Verhalten immer ähnlicher, denn auch ihr Zustand verschlechtert sich bei ähnlichen Stressfaktoren.«

Der Chefarzt beglückwünschte mich zu meiner Beobachtungsgabe und Feinfühligkeit. Tatsächlich waren sich beide Krankheiten in ihren Formen, wie sie sich äußerten, sehr ähnlich. Das konnte er mir bestätigen.

Nach der Reha kam Mutter wieder nach Hause. Das war sehr anstrengend für uns alle, besonders für meinen Vater, den der Zustand meiner Mutter sehr überforderte. Mutter unterhielt sich mit uns mehrere Minuten lang über ein Thema und fing dann oft wieder von vorn an, als hätte die Unterhaltung niemals stattgefunden. Manchmal wechselte sie auch mitten im Satz das Thema und so war es schwer, ihr zu folgen. Mein Vater konnte mit Basti noch nie besonders gut umgehen und ging ihm oft aus dem Weg, obwohl wir im selben Haus wohnten. Meiner Mutter konnte er nicht aus dem Weg gehen und so kam es durch sein cholerisches Wesen immer wieder zum Streit zwischen den beiden.

Basti hatte ich in der ganzen Klinikzeit nur ein einziges Mal mit zu seiner Oma genommen, weil ich ihn nicht belasten wollte. Er zog sich auch zu Hause immer mehr von ihr zurück. Da ich in den vielen Wochen Klinik kaum Zeit für ihn gehabt hatte, widmete ich nun ihm meine knapp bemessene Freizeit. Die Last mit meiner Mutter ruhte also auf den Schultern von Vater, was diesen übermäßig beanspruchte. Ich bat meinen Chef um mehr Freizeit und den Abbau meiner Überstunden, was aber leider nicht möglich war.

Ich erkannte zwar die Überlastung meines Vaters, konnte aber kaum etwas daran ändern. Zudem hatte ich Basti eine Reise nach England versprochen, die wir im Mai unternommen hatten. Ich hatte für Mutter eine Pflegestufe beantragt, die jedoch abgelehnt wurde. So organisierte ich, dass Papa durch eine Nachbarschaftshelferin unterstützt wurde, und täglich kam die Sozialstation ins Haus, um nach Mutter zu sehen und sie mit ihren Medikamenten zu versorgen. Doch dies war keine wirkliche Erleichterung für meinen Vater, es musste sich eben alles erst einspielen.

Am 8. Juli 2012 erhängte sich mein Vater in unserem Gartenschuppen.

Gemeinsam mit meiner Mutter hatte ich ihn gefunden und stand unter einem schweren Schock. Tagelang erbrach ich mehr, als ich zu mir nahm, ich musste Beruhigungsspritzen und Infusionen erhalten, bekam Krampf- und Erstickungsanfälle. Immer wieder sah ich das Bild meines erhängten Vaters vor mir.

Als ich meinen Vater entdeckt hatte, rief ich panisch um Hilfe. Ich dachte, ich könnte ihn noch retten, doch er hatte den Schuppen von innen verriegelt und es gelang mir in meinem Schock nicht, das Fenster zu öffnen.

Mein Nachbar, alarmiert durch meine Hilferufe, kam angerannt und irgendwie gelang es ihm, die Tür aufzubrechen. Ich glaube, ich habe die meiste Zeit hysterisch herumgebrüllt.

Nur wenige Sekunden nachdem die Tür offen stand, rief Basti durch ein geöffnetes Fenster unserer Wohnung herunter: »Was ist da unten los?«

Ich riss mich augenblicklich ganz gewaltig zusammen und rief ihm in einem möglichst bestimmenden Befehlston zu: »Geh bitte zurück in die Wohnung und schließ das Fenster. Wir reden später darüber.«

Mir fiel ein Stein vom Herzen, als er meine Anordnung befolgte.

Ich weiß bis heute nicht, wie viel er gesehen hat und ob er überhaupt durch die offene Tür in den Schuppen hatte sehen können. Ich habe es nie gewagt, ihn zu fragen. Es gibt Dinge, die will man gar nicht wissen.

Im Garten wimmelte es bald von Leuten, zuerst kam das Rettungsteam, kurze Zeit später zwei Polizisten, schließlich irgendwann zwei Kriminalbeamte. Irgendjemand hatte die Notfallseelsorge informiert und deren Team bestand aus einem Pfarrer und einem Rotkreuzler.

Ich hatte an diesem Tag nicht mehr den Mut, Basti zu begegnen oder die Kraft, ruhig und gelassen zu bleiben. Also schickte ich den Mann vom Roten Kreuz zu meinem Sohn, indem ich ihm erklärte, dass Basti Autist ist und ich nicht wüsste, wie viel er mitbekommen hat und dass ich Angst vor seiner Reaktion hätte.

»Es klingt vielleicht merkwürdig, aber Basti hört in Stresssituationen mehr auf einen ruhigen Mann als auf seine aufgewühlte Mutter. Also unterhalten Sie sich doch bitte mit ihm. Wenn Sie ruhig und sachlich sind, wird er mit Ihnen reden.« Ich kannte ja meinen Sohn und genauso kam es dann auch.

Der freundliche Helfer erklärte mir später, dass er Basti gefragt habe, ob er denn weiß, was geschehen ist und Basti hätte völlig ruhig und sachlich geantwortet: »Ja, der Opa hat sich umgebracht.«

Damit war der Fall zunächst einmal für ihn erledigt.

Nicht so für den Kriminalinspektor, der den Fall untersuchte, um ein eventuelles Fremdverschulden festzustellen oder auszuschließen. Er verhörte mich und meine Mutter und wollte dann auch Basti vernehmen. Es gelang mir, ihn zurückzuhalten und ich schickte wieder den Rotkreuzler vor, um Basti auf das Verhör vorzubereiten.

Basti war bereit, eine Aussage zu machen, allerdings nur unter vier Augen. Dies gestand ihm der Beamte auch zu und so machte er eine nüchterne und sachliche Aussage darüber, dass mein Vater sehr cholerisch gewesen sei. Als dies zu Protokoll genommen war, war die Geschichte für Basti zunächst einmal erledigt, zumal Spurensicherung und der Gerichtsmediziner ausgeschlossen hatten, dass außer meinem Vater sonst noch jemand in seinen Tod verwickelt war.

Da mich dieser Stress, wohl auch bedingt durch die anhaltende Vorbelastung, psychisch richtig fertig gemacht hatte und ich psychosomatische Symptome aufwies, sollte ich in eine Klinik für Psychiatrie und Psychotherapie eingewiesen werden. Ich entschied mich für eine christliche Klinik im Harz, musste aber mehr als zwei Wochen warten, bevor ich dort aufgenommen werden konnte.

Am Freitag nach dem Tod meines Vaters, teilte mir Basti mit, dass er bei der Kripo angerufen hätte, um die Akte einsehen zu können. Da wäre doch einiges unklar und ich solle Montag früh noch einmal anrufen, weil er unbedingt nachmittags zur Kripo will. Er legte einen Zettel mit der Nummer der Kripo auf meinen Schreibtisch.

Für mich war es sehr bedenklich, dass sich Basti eingehender mit dem Selbstmord des Opas beschäftigen wollte und ich wusste nicht, wie ich damit umgehen sollte. Ich wusste in der Zeit ja noch nicht mal, wie ich mit mir selbst umgehen sollte.

Seit einigen Jahren hatte ich keinen Kontakt mehr zu Jana gehabt, doch in meiner Not rief ich sie an, um ihre Meinung zu hören. Sie konnte ja alles weit objektiver einschätzen als ich in meinem aufgewühlten Zustand.

Sie beruhigte mich auch: »Nimm das Verhalten von Basti einfach als Geschenk Gottes. Es hätte sehr gut sein können, dass Basti durchdreht und vielleicht sogar selbst einen Selbstmordversuch unternimmt. Wenn er bis jetzt alles ziemlich unbeteiligt hingenommen hat und noch keine emotionale Reaktion von ihm kam, dann hat sich dies mit neunundneunzigprozentiger Sicherheit für ihn erledigt. Du hast also nichts mehr zu befürchten. Geh mit ihm zur Kripo und lass ihn die Akte einsehen. Vermutlich braucht er die Sicherheit, dass seine Aussage richtig zu Protokoll genommen wurde und dass Fremdverschulden wirklich ausgeschlossen ist. Hat er dies in der polizeilichen Akte gelesen, ist er beruhigt und das Thema vermutlich für ihn abgeschlossen. Autisten reagieren logisch und distanziert und das ist in eurer jetzigen Situation ja besonders hilfreich. Wenn dies nun so ist, dann danke einfach Gott dafür.«

Damit war ich einigermaßen beruhigt und bedankte mich für ihre nüchterne Einschätzung.

Also rief ich Montag bei der Kripo an. Die Dame, die meinen Anruf entgegennahm, erklärte mir, dass der zuständige Ermittlungsbeamte zurzeit nicht im Haus sei, bot mir aber an, mich mit einem Kollegen zu verbinden, was ich dankend annahm.

Ich meldete mich mit meinem Namen und erklärte dem Beamten, um welchen Todesfall es sich handelte und stellte meine Bitte: »Mein Sohn ist Autist und braucht sowohl die Gewissheit, dass seine Aussage ordnungsgemäß wiedergegeben wurde als auch die, dass Fremdverschulden ausgeschlossen wurde. Ich komme heute Nachmittag mit ihm vorbei, damit er Akteneinsicht nehmen kann.« Ich hatte meinen Wunsch sehr entschieden geäußert, bekam aber dennoch ein zweites Mal zu hören, dass der zuständige Ermittlungsbeamte nicht im Haus sei. Das wusste ich ja nun bereits, also antwortete ich: »Das ist mir sehr egal, wir brauchen den Mann ja nicht, sondern nur die Akte.«

»Der Staatsanwalt hat die Akte leider noch nicht freigegeben«, bekam ich nun zu hören.

»Auch dies ist mir egal, dann muss er sie eben bis heute Nachmittag freigeben.« Für mich war die Sache ganz einfach, nicht so für den Mann am anderen Ende der Leitung: »Der Staatsanwalt hat nur äußerst selten Zeit.«

Langsam war ich leicht verärgert: »Auch die Dienstzeiten des Staatsanwalts sind mir herzlich egal. Wäre ein Fremdverschulden nicht ausgeschlossen worden, dann hätten sowohl er als auch ihr von der Kripo ganz plötzlich mächtig viel Zeit für uns«, stellte ich fest. Ich war es ja gewohnt, mich für Basti und seine Bedürfnisse einzusetzen und wollte nicht klein beigeben, immerhin drängte die Zeit.

Doch der Beamte konnte wohl genauso stur sein wie ich: »Da haben Sie zwar recht, aber so einfach ist das nun doch nicht. Wie stellen Sie sich das denn vor?«

»Ganz einfach! Wir kommen heute Nachmittag um 14 Uhr aufs Polizeipräsidium. Sie richten die Akte her und Basti erhält seine gewünschte Einsicht. Ob mit oder ohne Inspektor oder Staatsanwalt, spielt nicht die geringste Rolle für mich.« Anscheinend hatte ich mich nun endlich klar genug ausgedrückt, denn er lenkte ein und versprach mir, alles zu tun, was in seiner Macht stehe. Dennoch war das noch nicht ausdiskutiert, denn mir fiel plötzlich noch ein ganz anderes Problem ein: »Die Tatortfotos müssen natürlich entfernt werden!«, stellte ich eine weitere Forderung.

»Das geht nun gar nicht«, kam es auch prompt zurück. »Die Bilder sind fester Bestandteil der Akte, die kann man gar nicht entfernen.«

Ich wurde deutlicher: »Nun hören Sie mir mal genau zu: Wir kommen heute Nachmittag um 14 Uhr und nehmen Einsicht in die Akte, aus der die Bilder entfernt wurden. Ob das nun möglich oder üblich ist, ist mir genauso egal wie der Staatsanwalt oder eure Dienstzeiten. Mein Sohn ist Autist und ich werde ihn mit allen Mitteln schützen.« Mehr hatte ich nun nicht mehr zu sagen, ich verabschiedete mich, legte den Hörer auf und gab Basti Bescheid, dass es mit dem Termin um 14 Uhr klappen würde.

Auf die Minute um 14 Uhr klingelten wir bei der Kripo. Der zuständige Ermittlungsbeamte öffnete uns selbst die Tür. Er hatte sich extra persönlich eingefunden, um unseren Wunsch auf Akteneinsicht zu erfüllen. Er nahm uns mit in sein Dienstzimmer und legte die Akte vor uns auf den Tisch. Ich sah ihm in die Augen und formte mit den Lippen ein lautloses »Fotos« und sah ihn dabei fragend an. Er machte eine beruhigende Geste, die Bilder waren tatsächlich entfernt worden.

Basti griff sich die Akte und begann, sie systematisch durchzulesen. Ich selbst war nicht dazu in der Lage, zu frisch waren meine Wunden, die der Tod meines Vaters meiner Seele zugefügt hatte. Der Kriminale und ich unterhielten uns eine Stunde lang, denn so lange brauchte Basti mit der Akte. Wir redeten ausschließlich über ihn selbst, wie er seine Tätigkeit als Kripoermittler so erlebt und wie er mit solch schrecklichen Todesfällen umgeht.

Als Basti die Akte durch hatte, begleitete uns der verständnisvolle Beamte wieder selbst zur Tür. »Wenn Sie jemals selbst in die Akte Einsicht nehmen wollen, um das besser verarbeiten zu können, ein Anruf genügt. Sie entscheiden dann auch, ob Sie die Bilder sehen möchten oder nicht. Lassen Sie sich aber jetzt erst mal Zeit.«

Ich dankte ihm für sein großes Verständnis und sein Angebot, auf das ich vielleicht irgendwann einmal zurückkommen würde, und wir verabschiedeten uns.

Ebenso, wie wir der sich hinter uns schließenden Tür den Rücken kehrten, kehrte Basti dem Tod seines Opas den Rücken und wir redeten nicht mehr darüber.

IM KRANKENHAUS

Trotz unserer Besuche bei verschiedenen Dermatologen der ambulanten Abteilung der Ulmer Uniklinik und der jahrelangen Anwendung von Lymphdrainagen, wollen Bastis Beine einfach nicht zuheilen. In den Wunden haben sich bereits Bakterien eingenistet, die nur schwer zu bekämpfen sind und im Mai 2012 zudem den großen Zeh seines rechten Fußes befallen haben. Am 21. Juni 2012, nur wenige Wochen nach der Verlegung der dermatologischen Ambulanz von Ulm-Söflingen nach Ulm-Eselsberg, hatten wir um 14 Uhr einen Termin in der Klinik, dieses Mal also im Neubau.

Zunächst standen wir vor dem großen Problem, dass der Haupteingang der Klinik weit entfernt von den Parkplätzen, an der Süd-West-Seite des großflächigen Klinikareals liegt. Zwar befindet sich der Personaleingang in unmittelbarer Nähe sowohl der Parkplätze als auch der Dermatologischen Ambulanz auf der Nord-Seite, aber wir gehörten dem Klinikpersonal nicht an und waren nicht im Besitz eines passenden Schlüssels. Das hatte ich bei meiner Zeitrechnung nicht einkalkuliert. Wir standen nun also nur wenige Minuten vor unserem Termin vor dem verschlossenen Personaleingang und mussten uns auf den langen Weg rund um das Gebäude zur anderen Seite machen.

Das nächste Problem bestand darin, dass wir innerhalb des Gebäudes wieder den ganzen Weg zurücklaufen mussten, der Haupteingang befindet sich zudem im zweiten Stock und die Dermatologie im Erdgeschoss. Wir mussten so erst mal die Treppen hoch laufen, um den Eingang zu erreichen, und im Gebäude wieder zwei

Stockwerke nach unten. Da Basti Angst vor Fahrstühlen hat, war das ein langer Weg, für den wir mehr als 20 Minuten benötigten. Wir waren nun in einem fremden Gebäude und konnten unseren Zeitplan nicht einhalten, das bedeutete für meinen Sohn nicht nur Stress, sondern kam einer Katastrophe gleich. Dementsprechend brüllte er auf dem gesamten Weg durch die Klinik irgendwelche Naziparolen. Ich ließ ihn brüllen und mischte mich nicht ein, ich war ja froh, dass er überhaupt noch bereit war, sich untersuchen zu lassen und nicht gleich darauf bestanden hatte, wieder nach Hause zu fahren.

Als wir endlich unser Zeil erreicht hatten, war ich richtig froh, dass dieses Mal nicht allzu viele Patienten vor uns waren und wir trotz unserer Unpünktlichkeit innerhalb von wenigen Minuten aufgerufen wurden. Bastis Gebrüll war zu einem leisen wütenden Gemurmel geworden und verstummte ganz, als wir das Behandlungszimmer betraten. Wie gewohnt zog Bastian seine Schuhe und seine Hose aus und legte sich auf die Liege. Kurze Zeit später kam auch schon der behandelnde Arzt, diesmal keine Frau, sondern ein gutaussehender dunkelhaariger Mann. Er schaute sich zunächst die offenen Wunden an Bastis Beinen an und beschloss, die bisherige Behandlung fortzusetzen.

Dann richtete er seine Aufmerksamkeit auf den entzündeten Zeh. Er entschied, uns sofort an die Chirurgie zu verweisen, weil er sich unsicher war, ob der Zehnagel nicht entfernt werden musste. Basti zog sich also wieder an und wir begaben uns erneut auf Wanderschaft. Es konnte ja nicht anders sein, die chirurgische Ambulanz befand sich natürlich wieder auf der anderen Seite der Klinik, zum Glück jedoch auf dem gleichen Stockwerk.

In der Chirurgie angekommen, erfuhren wir zwar, dass uns der Arzt bereits angemeldet hatte, wir jedoch mit einer langen Wartezeit zu rechnen hätten. Ich fragte Basti, ob das in Ordnung für ihn wäre und war erstaunt, als er sein Einverständnis gab. Also warteten wir geduldig. Basti bekam Durst, doch ich traute mich nicht, die zwei Stockwerke zum Haupteingang hochzugehen, in dessen Nähe sich die Cafeteria befindet.

Irgendwann wurden wir endlich aufgerufen. Ich bat die Schwester, die uns ins Untersuchungszimmer führte, Basti ein Glas Wasser zu bringen. Damit gab es aber schon wieder ein Problem. Wasser war zwar auf der Station zur Genüge vorhanden, aber weder Trinkbecher noch Gläser auffindbar. Schließlich brachte sie meinem Sohn einen kleinen Plastikbecher mit Wasser, welches Basti gierig hinunterstürzte. Er bat mich, es am Wasserhahn noch mal zu befüllen und ich kam dieser Aufforderung sofort nach. Ich befüllte ihm auch noch ein weiteres Mal den Becher und während er diesen trank, sagte ich schmunzelnd zu ihm: »Äh, Basti, du weißt hoffentlich schon, dass du gerade aus einem Urinbecher trinkst?«

Basti schaute zum Becher, dann zu mir und fragte zaghaft: »Bist du sicher?«

»Ganz sicher«, erwiderte ich grinsend, »wir können nur hoffen, dass er noch nicht gebraucht war, zumindest noch nicht so oft.«

Basti starrte auf den Becher in seiner Hand und fing an laut zu lachen, bis sich nur wenige Sekunden später die Tür öffnete.

Jetzt war es wieder eine junge Ärztin, die sich den Zeh ansah. Sie beschloss gar nichts zu unternehmen, jedenfalls keine Operation, sondern Basti ein Antibiotikum zu verschreiben, um die Bakterien zu bekämpfen. Sie nahm zur Bestimmung des richtigen Medikaments zunächst einmal Blut ab, schickte es ins Labor und wies uns an, wieder im Wartezimmer Platz zu nehmen, denn es würde mindestens eine halbe Stunde vergehen, bis die Ergebnisse da wären. In der Zwischenzeit war es bereits nach 19 Uhr und auch ich hatte Durst bekommen. Wir beschlossen, die Wartezeit in der Cafeteria zu verbringen. Wir stiegen die beiden Treppen hoch, um dort festzustellen, dass die Cafeteria bereits geschlossen hatte. Als wir resigniert wieder zurückgehen wollten, bog ein Mann um die Ecke.

Ich sprach ihn an: »Entschuldigung, kennen Sie sich hier aus?« Wir hatten Glück.

»Ich bin der Hausmeister hier«, erfuhren wir von ihm. »Was suchen Sie denn?«

»Wir brauchen unbedingt etwas zu trinken, notfalls geht auch Leitungswasser.« Ich erwähnte unseren Urinbecher, den ich zwischenzeitlich in meiner Handtasche versteckt hatte, lieber nicht und der freundliche Mann konnte uns tatsächlich weiterhelfen.

»Na, dann kommen Sie mal besser mit mir mit. Ich zeige Ihnen unsere Getränkeautomaten. Zufällig muss ich nämlich auch in diese Richtung.« Tatsächlich sahen wir gleich zwei solcher Automaten, als wir dem Herrn um zwei Ecken herum gefolgt waren und ich hatte sogar genug Kleingeld bei mir, um uns zwei Flaschen Apfelsaftschorle zu ziehen. Wir tranken gierig und die Flaschen waren innerhalb weniger Minuten geleert. Wir wollten gerade zurück zum Wartezimmer gehen, als mein Blick auf eine Tür nach draußen fiel.

»Basti, komm, wir gehen ein wenig nach draußen. Wir haben eh noch über eine Viertelstunde Zeit.« Die Tür öffnete sich, als wir in die Lichtschranke traten und wir verließen das Gebäude, um uns einige Minuten auf eine Bank zu setzen und erst mal richtig durchzuatmen. Basti wurde schnell ungeduldig, so wollten wir wieder ins Gebäude zurück, aber die Tür öffnete sich diesmal nicht.

Ein Mann, der zum Rauchen neben einem Aschenbecher stand, meldete sich zu Wort: »Durch diese Tür kann man das Gebäude lediglich verlassen. Wenn Sie wieder rein wollen, müssen Sie zum Haupteingang.«

Augenblicklich fing Basti an laut zu schimpfen: »Das sind doch alles Idioten, die so etwas bauen, die gehören doch alle vergast ...« Ich ignorierte ihn und den erschrockenen Gesichtsausdruck des Mannes, bedankte mich höflich, wünschte ihm noch einen schönen Abend und trat mit Basti im Schlepptau den Weg zum Haupteingang an. Ich hoffte, dass Basti sich gleich beruhigen würde, aber dem war nicht so. Immer noch laut schimpfend lief er am Haupteingang einfach vorbei.

»Basti, wir müssen hier rein.« Er lief einfach weiter in Richtung der Parkplätze. Ich war an der Eingangstür stehen geblieben und rief ihm hinterher: »Basti, wir müssen hier rein, dreh bitte um.«

Ohne mich eines Blickes zu würdigen, lief er weiter und schrie dabei laut: »Ich geh da nicht mehr rein, das sind doch alles Drecksäcke. Die gehören angezeigt!« Ein Mann und eine Frau hatten, während er noch schrie, das Gebäude verlassen, blieben irritiert stehen und blickten erst mich und dann Basti an. Ich rannte ihm nach, packte ihn am Arm und versuchte, ihn aufzuhalten. Genauso gut hätte ich versuchen können, mit bloßen Händen einen vollbesetzten ICE aufzuhalten und ich habe vermutlich ein sehr lächerliches Bild abgegeben, als ich mich an den 200 Kilogramm geballter Manpower festhielt und einfach von ihm mitgezerrt wurde. In der Zwischenzeit waren auch noch andere Passanten stehengeblieben und betrachteten das kostenlose Schauspiel, das sich vor ihren Augen zutrug. Ich ließ seinen Arm los und redete vergeblich auf den immer noch laut schimpfenden 1,94-Meter-Koloss ein, aber weder meine Überredungskünste noch der erneute Griff zu seinem Arm konnten ihn aufhalten.

Entnervt gab ich auf: »Also gut, dann warte am Auto auf mich, ich gehe noch mal rein und hole das Rezept.« Sein Geschrei verstummte zwar, denn er hatte ja mal wieder seinen Kopf durchgesetzt, er lief aber, ohne mir eine Antwort zu geben, einfach weiter. Ich konnte jetzt nur noch hoffen und beten, dass er tatsächlich unser Auto wiederfinden und dort auf mich warten würde. Ich rannte an den Leuten, die uns immer noch angafften, vorbei, durch den Haupteingang und den ganzen Weg im Gebäude zur Chirurgischen Ambulanz zurück. Im Wartezimmer wusste ich nun nicht so recht, was ich tun sollte, also betätigte ich die Klingel, die am Türrahmen zum Gang mit den Behandlungszimmern angebracht war – ohne Erfolg. Ich wartete einige Minuten ab, dann klingelte ich noch mal. Endlich öffnete mir eine Schwester die Tür und fragte mich nach meinem Anliegen. Ich erklärte ihr, dass ich ein Rezept abholen möchte und sie versprach, sich darum zu kümmern, ich soll kurz vor der Tür warten. Ungeduldig trat ich von einem Bein aufs andere, bis die Schwester nach einiger Zeit wieder erschien. »Es tut mir leid, der Laborbefund ist noch nicht da, Sie müssen noch ein wenig warten.«

»Kann ich dann bitte wenigstens die behandelnde Ärztin noch einmal sprechen?«, bat ich sie. Ich dachte an Basti und malte mir in den schwärzesten Farben aus, was er machen würde, wenn er zu lange auf mich warten müsste. Bei ihm war ja alles drin, vom Mieten eines Taxis, das ihn nach Hause oder zum Bahnhof bringen würde, bis zum Ruf nach der Polizei, um diese »Drecksäcke« anzuzeigen, wie er es ja angedroht hatte.

Die Schwester machte mir keine große Hoffnung: »Die Ärztin ist gerade bei einem Patienten, das kann eine Weile dauern und Sie müssen ja eh den Laborbefund abwarten.«

Ich blieb hartnäckig: »Ich möchte sie auf jeden Fall sprechen, egal, ob der Befund schon da ist oder nicht.« Sie versprach mir zu tun, was in ihrer Macht steht und ließ mich ein zweites Mal warten.

Ich stand da und wartete und betete: »Jesus, bitte lass es schnell gehen und schau auf Basti, dass er auch wirklich wartet.« Ich war selbst müde und wollte nur noch nach Hause. Mein Tag hatte um 2.30 Uhr begonnen und morgen um dieselbe Zeit würde der Wecker wieder klingeln. Die Uhr zeigte inzwischen kurz vor halb acht an und normalerweise lag ich um diese Zeit bereits im Bett, und nun stand mir noch eine Fahrt von einer knappen Stunde bevor. Ich setzte mich auf einen der Stühle im Wartebereich, nur um kurz darauf wieder aufzuspringen, als die Tür sich öffnete. Doch es war nur ein junges Ehepaar. Der Mann trug ein kleines Mädchen auf den Armen, dessen rechtes Bein eingegipst war. Ich ließ mich wieder auf den Stuhl zurückfallen. Weitere fünf Minuten später öffnete sich die Tür erneut und endlich kam die Ärztin heraus.

Ich erklärte ihr die Lage: »Mein Sohn konnte leider nicht mehr warten. Wir sind nun schon seit zwei Uhr hier und es war ihm zuviel. Mein Sohn ist Autist und war heut schon über seine Grenzen hinweg geduldig. Ist denn der Laborbefund endlich da?« Die Ärztin war sehr freundlich und verständnisvoll, als sie mir erklärte, dass der Befund immer noch auf sich warten ließe.

»Gibt es denn keine andere Lösung?« Ich überlegte blitzschnell, als ich die Frage stellte und schlug der jungen Frau einen Deal vor: »Können Sie mir nicht etwa ein Rezept ausstellen und wir melden uns bei Ihnen, sobald wir zu Hause sind? Sie können dann, wenn Sie den Befund kennen, entweder Ihr Okay geben, dann hole ich morgen die Medizin, oder Sie sagen mir, dass Basti es nicht nehmen soll, dann vernichte ich das Rezept.«

Die Ärztin überlegte kurz und antwortete: »Eigentlich eine gute Idee. Ich habe ohnehin ein bestimmtes Medikament im Sinn, will aber sicher sein, dass sein Körper nicht ausgerechnet gegen dieses Resistenzen gebildet hat. Sie müssen mir aber versprechen, auch wirklich anzurufen und ihm das Medikament erst dann zu geben, wenn ich eingewilligt habe.« Ich wäre im Moment auch dazu bereit gewesen, ihr zu versprechen, dass es lila Gummibären regnet, wenn ich nur endlich zu meinem Auto und vor allem zu Basti kommen würde, also versprach ich ihr bereitwillig alles, was sie wünschte. Zum Glück hatte sie einen Rezeptblock bei sich und füllte mir gleich das rosa Formular aus. Auf einem anderen Zettel, den sie aus der Tasche zog, notierte sie mir ihre Durchwahlnummer und wünschte mir eine gute Heimfahrt. Sie hatte sich schon weggedreht und wollte in ihre Station zurück, als ich sie noch mal aufhielt.

»Entschuldigen Sie bitte noch einmal, aber können Sie mir sagen, ob ich die Klinik durch den Personaleingang verlassen kann?«

Sie zögerte kurz, ehe sie mir antwortete: »Soviel ich weiß, kann man jederzeit hinaus. Nur um hereinzukommen, braucht man einen Schlüssel.« Ich bedankte mich und rannte los. Diesmal musste ich keine Stockwerke, sondern nur die Länge des Klinikflurs überwinden. Ich legte einen olympiareifen Sprint hin, stürzte durch den Personaleingang nach draußen und erreichte schließlich den Parkplatz, wo mein Sohn wie eine Säule neben unserem Wagen stand. Ich bedankte mich hastig bei Gott für die Gebetserhörung und verlangsamte meinen Schritt. Basti verlor kein Wort über die filmreife Szene, die wir vorhin den Passanten geboten hatten, und wir fuhren schweigend nach Hause. Von dort rief ich wie versprochen die Ärztin an und erhielt grünes Licht für das Medikament, das ich gleich am nächsten Tag nach der Arbeit in der Apotheke holte.

Wir waren insgesamt dreimal in der Ambulanz der Klinik, allerdings habe ich sie nur einmal gemeinsam mit Basti durch den Haupteingang betreten. Schon beim zweiten Mal hatte ich die Idee, so lange am Personaleingang zu warten, bis jemand das Gebäude verlässt, um dann hineinzugelangen. Es dauerte nie lange, bis sich die Tür von innen öffnete, denn entweder hatte die Klinik sehr viel Personal oder es waren auch andere Patienten auf die Idee gekommen, diesen Ausgang zu benutzen. Basti war glücklich, nicht mehr durch die ganze Klinik laufen zu müssen und wir waren wieder pünktlich.

Unseren nächsten Termin hatten wir am 12. Juli. Am Sonntag davor war mein Vater gestorben, am 11. Juli war die Beerdigung gewesen. Mich hatte der Tod meines Vaters sehr mitgenommen und ich war nicht in der Lage, allein zu fahren, zumal ich unter dem Einfluss starker Beruhigungsmittel stand und auch überhaupt nicht hätte fahren dürfen. Ursel, eine gute Freundin fuhr uns. Wir zogen eine Wartemarke und setzten uns zwischen die anderen Patienten in den Wartebereich. Obwohl wir mehr als eine halbe Stunde warten mussten, saß Basti die ganze Zeit ruhig und stumm neben mir. Er wirkte wie versteinert, vermutlich spürte er meinen unendlichen Schmerz, den der Selbstmord meines Vaters in mir ausgelöst hatte. Ich war froh, dass ausgerechnet unsere Lieblingsschwester Irina uns aufrief. Ursel blieb sitzen und wollte auf uns warten, Basti und ich waren aufgestanden und folgten der Schwester ins Behandlungszimmer. Sie forderte ihn auf, seine Hose auszuziehen und sich auf die Liege zu legen, fasste mich am Ärmel meines schwarzen Pullovers und zog mich raus auf den Flur.

»Mein Gott«, begann sie zaghaft und leise, »ich hätte Sie fast nicht erkannt. Was ist mit Ihnen geschehen?«

Ich erzählte ihr stockend und in knappen Worten vom Todesfall meines Vaters. Sie hörte mir zu, Tränen traten in ihre Augen und sie umarmte mich wortlos. Diese

Geste berührte mich sehr und auch mir schossen die Tränen hoch.

Als sie mich losließ, sagte sie immer noch ganz leise: »Wir haben Sie hier immer so sehr bewundert. Sie haben diesen schwierigen Sohn und waren immer fröhlich und geduldig, hatten immer ein liebes Wort für uns, es tut mir richtig weh, dass ausgerechnet Sie so etwas getroffen hat.«

Ich drückte sie noch mal dankbar, wischte mir die Tränen aus dem Gesicht und ging zu Basti hinein. Ich wollte ihn nicht allein in dem fremden Raum warten lassen.

Schwester Irina sorgte wohl dafür, dass wir schnell dran kamen, denn nur wenige Minuten nach mir betrat sie gemeinsam mit einer jungen Ärztin, die wir noch nie gesehen hatten, den Raum und blieb die ganze Zeit bei uns.

Die Ärztin schaute sich Bastis Beine an und vor allem auch seinen Zeh, warf einen langen Blick in seine Akte und wandte sich dann an mich: »Ich möchte ihn gerne stationär hier aufnehmen, ihm eine Infusion legen und intravenös ein Antibiotikum einflößen. Seine Entzündung sitzt so tief in ihm, da erreichen wir mit Tabletten nicht viel.«

In zuckte ich zusammen vor Schreck: »Ich muss übernächsten Dienstag selbst in eine Klinik. Ich weiß nicht, wie wir das machen sollen.«

Doch die Ärztin konnte der Situation durchaus eine positive Seite abgewinnen: »Aber das ist doch perfekt«, rief sie aus, »bei uns ist er doch bestens aufgehoben und rundum versorgt, besser könnte es doch gar nicht sein. Er wäre ja sonst allein zu Hause.« Da hatte sie auch wieder recht und in mir keimte ein Hoffnungsschimmer. Dennoch konnte ich das nicht entscheiden.

»Basti, würdest du denn in die Klinik gehen?« Ich schaute ihn an und er sah irgendwie richtig erwachsen aus, als er antwortete:

»Ja, meinetwegen. Ab wann wäre das denn?«

Die Ärztin wandte sich nun auch ihm zu und antwortete: »Ab Montag.«

»Viel zu knapp«, bekam sie prompt von Basti zur Antwort, »ich muss da noch jede Menge vorher organisieren. Geht auch Samstag?«

Die Ärztin überlegte kurz, runzelte die Stirn und erklärte ihm: »Samstag ist schlecht, denn das ist ja Wochenende und da sind keine Aufnahmen. Wie wäre es mit Freitag nächste Woche? Dann kann dich deine Mutter noch in Ruhe herbringen.«

»Da muss ich vorher noch einiges klären«, kam es sofort von Basti zurück und man hätte meinen können, er sei ein vielbeschäftigter Mann, »das kann ich im Moment gar nicht genau sagen, ob das geht.«

Die Ärztin gab mir ihre Handynummer und bat mich, ihr am nächsten Morgen Bescheid zu geben. Schwester Irina verband gemeinsam mit mir seine Beine und gab mir auch noch ihre Handynummer für alle Fälle. Zudem versprach sie mir, am Einweisungstag persönlich da zu sein und sich um uns zu kümmern.

Ursel fuhr uns wieder nach Hause. Dort angekommen verabschiedete sie sich gleich, weil sie selbst einen Termin hatte. Als wir dann zu zweit in unserer Wohnung waren, setzte sich Basti zu mir ins Wohnzimmer.

»Wir müssen noch etwas besprechen«, begann er konzentriert. »Du musst klären, ob ich da einen Telefonanschluss bekommen kann.«

»Da brauchen wir nichts zu klären, in jedem Krankenhaus gibt es Telefon«, beruhigte ich ihn.

Doch das war noch nicht alles: »Und ich muss ein Laptop mitnehmen können. Und du musst mir alle Telefonnummern aufschreiben von meinen wichtigsten Freunden. Und du musst abklären, ob ich WLAN-Anschluss habe und jederzeit ins Internet kann, sonst geh ich nicht.«

Ich holte einen Block heraus, auf dem ich seit Vaters Tod alle wichtigen Dinge notierte, die ich nicht vergessen durfte, denn mein Gedächtnis spielte mir seitdem Streiche. »Sonst noch etwas?«, wollte ich wissen.

Er überlegte: »Nein, das wäre erst mal alles. Falls mir noch etwas einfällt, dann sag ich es dir.«

Ich notierte also auf meinen Block:

- *Mit Klinik Derma klären, ob WLAN oder Netzkabelanschluss für Laptop.*
- *Festnetz möglich?*
- *Braucht er einen Stick oder wird über die Telefonabrechnung das Internet abgerechnet?*
- *Handy erlaubt?*
- *Mitteilen, dass Blutdruck überwacht werden muss.*

Basti stand auf und wollte auf sein Zimmer, doch ich hielt ihn zurück: »Basti, wir haben kein Laptop«, stellte ich fest.

Für ihn das geringste Problem: »Na, dann leihen wir uns halt von jemandem eins.«

Ich dachte an meine Freundin Joni, die sich ein neues Laptop gekauft und mich schon gefragt hatte, ob ich ihr altes haben möchte. Basti ging nun endgültig in sein Zimmer und ich rief gleich Joni an. Sie versprach mir nicht nur ihr Laptop, sondern bot mir auch an, Basti und mich zur Klinik nach Ulm zu fahren. Es tat mir in meiner schweren Zeit so unendlich gut, solch eine tolle Freundin zu haben.

Am nächsten Morgen rief ich bei der Ärztin an und sagte ihr Bescheid, dass Basti ab Freitag stationär aufgenommen werden konnte. Sie sagte mir, wir sollen um neun Uhr auf die Dermatologische Station kommen im 6. Obergeschoss und einen Einweisungsschein vom Arzt mitbringen.

Am Nachmittag teilte Basti mir mit, dass ihm ein Schachkollege sein neues Laptop mitgeben würde. Ich rief bei Joni an und sagte ihr Bescheid, sie wollte mir aber ihr Laptop dennoch schenken. Ich hätte sie am liebsten drücken mögen, sie ist einfach großartig.

Dann rief ich Schwester Irina an. Ich musste einige Sachen vorher abklären:

- *Basti trägt keine Schlafanzüge, schläft nur in der Unterhose.*
- *Er trägt ständig identische Kleidungsstücke, die er in mehrfacher Ausführung hat.*
- *Er putzt sich unter keinen Umständen die Zähne und*
- *kann keine Socken anziehen, weil ihm der Stoff an den Zehen unerträgliche Schmerzen bereitet.*

Dann klärte ich die Notizen von meiner Liste ab. In der Klinik hätte er kabellosen Internetzugang, ein Tele-fon mit Festnetzanschluss und Handy sei auch erlaubt, erklärte mir die nette Schwester geduldig. Sie versprach mir, den Stationsschwestern Bescheid zu sagen wegen Bastis Eigenheiten. Das wäre also geklärt.

Die Woche bis zu Bastis Einweisung verging wie im Fluge, denn ich hatte noch sehr viel zu erledigen. Am Donnerstag hatte Basti dann plötzlich ganz neue Probleme: »Hab ich in der Klinik ein Einzelzimmer?«, wollte er wissen.

»Das weiß ich nicht«, antwortete ich zögerlich, »vermutlich nicht, du bist schließlich kein Privatpatient.«

»Dann schreib auf«, forderte er mich auf und reichte mir meine Gedächtnisliste und einen Kugelschreiber. Er diktierte völlig ohne Intonation, als sei er Chef und ich seine Sekretärin: »Mitpatient muss mindestens 25 Jahre alt sein.«

Ich unterbrach ihn: »Man kann sich das nicht raussuchen.«

»Das ist mir egal, das muss so gemacht werden, sonst geh ich wieder mit heim.« Er machte eine kleine Pause und warf einen Blick auf meinen Block. »Hast du geschrieben?«

»Nein, noch nicht«, antwortete ich wahrheitsgemäß.

»Also dann schreib endlich: Mitpatient muss mindestens 25 Jahre alt sein.« Er wartete, bis ich es notiert hatte. »Kein Moslem.«

»Basti, geht das nicht ein wenig zu weit?«

Er ignorierte mich und sagte noch mal nachdrücklich: »Schreib: Kein Moslem.« Seufzend notierte ich auch diese Anweisung. Als ich fertig geschrieben hatte, kam der nächste Punkt: »Schachspieler bevorzugt.« Ohne noch einmal zu widersprechen, notierte ich auch das und er fügte hinzu: »Wenn Schachspieler, dann darf es auch ein Moslem sein.« Na gut, er war also durchaus bereit, Zugeständnisse zu machen. Ich notierte und er fuhr fort: »Nicht schwul.«

Nun unterbrach ich doch: »Und wenn es ein Homosexueller ist, der Schach spielt?«

»Nein, schwul darf er auf keinen Fall sein, auch dann nicht, wenn er Schach spielt. Hast du aufgeschrieben?«

Ich hielt ihm meinen Block zur Kontrolle unter die Nase und er überzeugte sich von der Vollständigkeit der Liste. Dann setzte er noch hinzu: »Auf jeden Fall soll es ein angenehmer Mensch sein.«

Ich schrieb: Soll ein angenehmer Mensch sein. Dann kam mir ein Gedanke: »Was ist denn aber, wenn du einen angenehmen nichtschwulen, nichtmoslemischen Schachspieler aufs Zimmer bekommen solltest, der zur einzigen Bedingung macht, dass er einen sehr angenehmen Menschen als Zimmernachbar haben will?« Das musste ja schließlich auch geklärt sein.

Ich sah ihn abwartend an, während er kurz überlegte und schließlich beschloss: »Dann haben wir ein echtes Problem.«

Ich wartete, bis er das Zimmer verlassen hatte und griff nach dem Telefon.

»Schwester Irina«, meldete sich eine bekannte Stimme.

»Hallo Schwester Irina, Rehbein hier, die Mutter von Bastian. Schön, dass ich Sie erreiche. Wir müssen unbedingt noch einige Bedingungen abklären, die Basti an seinen Zimmernachbarn stellt …«

Noch ehe ich weitersprechen konnte, fiel sie mir ins Wort: »Basti bekommt ein Einzelzimmer, das habe ich bereits abgeklärt. Immerhin kenne ich ja langsam ihren

Sohn.« Die Schwester ist eine echte Perle und nicht mit Gold aufzuwiegen. Ich bedankte mich ganz herzlich bei ihr für ihre Umsicht und verabschiedete mich.

Am Freitag fuhr uns wie versprochen Joni in die Klinik. Wir warteten vor dem Personaleingang, bis sich die Tür öffnete und jemand herauskam und schlüpften hinein. In der Ambulanz fragte ich nach Schwester Irina und erfuhr, dass sie ihren freien Tag hatte. Wir liefen die vier Stockwerke hoch zur Station und wieder hieß es warten. Wie froh war ich, als ich Schwester Irina sah. Sie war extra gekommen, um bei der Aufnahme von Basti dabei zu sein. Er bekam ein schönes Zweibettzimmer und ich fragte Irina irritiert, ob er denn doch einen Zimmernachbarn hätte, doch sie beruhigte mich. Das zweite Bett würde frei bleiben. Wir meldeten das Telefon an, dann räumte ich seine Sachen in den Schrank, während Basti und Joni das Laptop anschlossen. Alles klappte hervorragend, Basti hatte Telefon und Internetzugang und war weitgehend zufriedengestellt. Dann wollte er allein sein, um zu surfen. Joni und ich verabschiedeten uns von ihm und ich versprach, am Sonntag noch mal vorbeizukommen, um ihn zu besuchen. Ich sollte ihm dann noch einige Bücher mitbringen und ein Magnetschachspiel. Ich ging kurz ins Schwesternzimmer, um ihnen das extra für Basti angefertigte Blutdruckmessgerät zu bringen. Bei einem handelsüblichen Produkt ist die Manschette nicht weit genug für seine Oberarme. Nun war alles geregelt, die Schwester notierte sich für den Notfall meine Nummer und wir konnten nach Hause fahren.

Am Sonntag holten mich zwei andere Freundinnen ab, Nina und Lola, um gemeinsam mit mir Basti zu besuchen, denn ich durfte und konnte immer noch nicht Autofahren.

Basti freute sich sehr, dass wir kamen, unterbrach aber nur ungern das Skype-Gespräch, das er über sein Laptop führte. Ich hatte aber mit ihm noch etwas zu klären, deshalb verabschiedete er sich von seinem Gesprächspartner.

»Basti, ich lass dir 100 Euro hier. Damit kannst du deine Telefonkarte aufladen. Wenn du wider Erwarten entlassen wirst und niemanden erreichen kannst, der dich abholt, dann nimmst du einen Bus oder ein Taxi zum Ulmer Hauptbahnhof und fährst mit der Bahn heim.« Ich musste alle Eventualitäten abklären, bei Basti konnte man ja nie wissen. Höflich bedankte er sich. Dann beschlossen wir, da es ein heißer Tag war, gemeinsam in der Cafeteria ein Eis zu essen. Basti schickte uns alle nach draußen, um sich anzuziehen und kam dann zu uns heraus. Ich erklärte meinen Freundinnen, dass wir für die vier Stockwerke zur Cafeteria die Treppe nehmen müssten, weil Basti Angst vor Fahrstühlen hat. Wir stiegen also langsam die Treppen hinunter und wanderten die Flure entlang bis zur Cafeteria. Dort stellten wir uns in die Schlange bei der Selbstbedienung an, als Basti anfing laut zu schreien: »Das sind doch alles Idioten, da bleib ich keine Minute.« Mehrere Köpfe drehten sich nach ihm um und Lola sah mich erschrocken an.

Ich begann zu erklären: »Es sind ihm zu viele Leute hier, das erträgt er nicht.« Basti war schon weggelaufen, also ließ ich meine Freundinnen stehen und ging ihm nach. Lola folgte mir irritiert, während Nina entgeistert aus der Schlange herausgetreten und stehen geblieben war.

»Basti, warte auf mich!«, rief ich, während ich gleichzeitig versuchte, auf Lola zu warten. Basti ignorierte mich und lief mit schnellem Schritt durch den Gang zu einem der Treppenhäuser. Als er gerade durch die Tür verschwand, hatte Lola mich eingeholt. »Geh zu Nina zurück«, befahl ich ihr hastig, »Basti hält die vielen Menschen nicht aus und ich muss sehen, ob er zurück in sein Zimmer findet.«

»Ich komme mit«, sagte meine treue Freundin, doch ich wollte nicht, dass Nina allein und unsicher an der Cafeteria zurückblieb, deshalb rief ich im Weglaufen über die Schulter zurück: »Du kannst eh nichts tun, geh zurück zu Nina.«

Ich sah gerade noch, wie sie sich umdrehte, als ich durch die Tür zu dem Treppenhaus eilte, in dem Basti vor wenigen Augenblicken verschwunden war. Ich hörte Schritte, die von den Wänden widerhallten. Ich konnte nur annehmen, dass er nach oben gelaufen war.

»Basti, wo bist du?« Ich wartete vergeblich auf eine Antwort, während ich immer zwei Stufen auf einmal nehmend hoch spurtete. »Warte auf mich!« Keine Reaktion. Ich hatte gerade die Tür zum dritten Stock passiert, als ich eine Tür schlagen hörte. Stille. Ich war allein im Treppenhaus. Durch den Hall, der bei jedem Geräusch durch das Treppenhaus klang, konnte ich nicht orten, durch welche Tür in welchem Stockwerk er gegangen war. Er konnte sogar nach unten gelaufen sein, aber das schloss ich aus. Ich beeilte mich und rannte bis zum vierten Stock hoch. Ich wusste nicht, wie weit sein Vorsprung gewesen war. Ich riss eine der beiden Türen zum vierten Stock auf und stand in einem Lager. Kartons und eingeschweißte medizinische Geräte lagen in Regalen und es war still hier. Ich verschwand wieder im Treppenhaus und riss die gegenüberliegende Tür auf. Anscheinend war ich in einem Treppenhaus, das für das Personal gedacht war, denn auch hier befand sich ein Lager, diesmal mit frischbezogenen Betten, die in durchsichtige Plastikplanen gehüllt waren. Ich zögerte und wurde mir bewusst, dass Bastis Vorsprung immer größer wurde. Ich sah ihn schon wüste Beschimpfungen brüllend orientierungslos durch den Gebäudekomplex irren. Ich musste eine Entscheidung treffen, also betrat ich das Bettenlager. Als ich um die Ecke blickte, erspähte ich eine weitere Tür, durch deren Milchglasscheibe ich nicht erkennen konnte, was dahinter lag. Ich schickte ein Stoßgebet aus, dass ich nicht im OP-Bereich landen würde, öffnete zaghaft die Tür und atmete erleichtert durch. Ich war in einem der Krankenhausflure gelandet. Eine vorbeieilende Schwester, die mich durch die Tür hatte kommen sehen, warf mir einen merkwürdigen Blick zu und ich lächelte sie freundlich an und grüßte sie. Ich war froh, dass sie mich nicht ansprach und fragte, was ich im Bettenlager zu suchen hatte.

Ich schaute den Gang entlang, keine Spur von meinem Sohn, allerdings hörte ich ihn nicht rumbrüllen. War das jetzt ein gutes oder ein schlechtes Zeichen? Hörte ich ihn nicht, weil er nicht brüllte, oder weil er im Treppenhaus nicht hinauf-, sondern hinuntergelaufen war und die Entfernung zu ihm zu groß war? Ich hastete den Flur entlang, nirgends eine Spur von Basti. Am Ende des Ganges öffneten sich gerade Fahrstuhltüren. Da der

Leuchtzeiger über der Tür anzeigte, dass er nach oben fahren würde, sprang ich schnell hinein, ehe sich die Türen wieder schlossen. Im sechsten Stock stieg ich aus, blieb kurz stehen und lauschte. Von Basti war nichts zu hören und zu sehen. Ich wandte mich nach rechts, bog um die Ecke und sah meinen Sohn, wie er ganz gelassen in Richtung seines Zimmers schlenderte.

Ruhig ging ich ihm nach und sprach ihn gefasst an: »Wohin möchtest du?«

»In mein Zimmer«, war die knappe Antwort.

»Weißt du denn, wo es ist?«

»Ja, gleich da vorn.« Damit hatte er recht. Es waren nur noch wenige Meter bis zu seinem Zimmer, welches wir gemeinsam betraten. »Wo sind die beiden Frauen?«, wollte er von mir wissen. Ich erzählte ihm, dass sie unten auf uns warten würden. »Ich komm nicht mehr mit«, stellte er fest, setzte sich auf sein Bett, schaltete den PC ein und sagte: »Geh wieder runter, ihr wollt Eis essen.«

»Wir sind aber gekommen, um dich zu besuchen«, antwortete ich ihm etwas hilflos.

»Ich will keinen Besuch.«

»Okay«, begann ich zögernd, »dann geh ich wieder runter zu Nina und Lola und wir essen ein Eis. Dann kommen wir noch mal hoch.«

Er gab mir keine Antwort, also verließ ich sein Zimmer und machte mich ein zweites Mal auf den Weg zur Cafeteria. So hatte ich mir diesen Tag nicht vorgestellt. – Einen Tag mit Basti kann man sich wohl auch gar nicht vorstellen.

Als ich wieder in der Cafeteria ankam, saßen Lola und Nina an einem Tisch. Ich stellte mich wieder an der

Schlange an, holte mir ein Eis und setzte mich zu meinen Freundinnen. Basti lebt meist sehr zurückgezogen, im Grunde wussten sie zwar von ihm, hatten ihn aber noch nie richtig erlebt. Ich erklärte ihnen seine Ängste vor fremden Orten und fremden Menschen und sie hörten einfach nur zu. Später gingen wir noch mal zu Basti hoch. Ich betrat allein sein Zimmer und ließ meine Freundinnen draußen warten, da ich nicht wusste, ob er ihren Besuch ertragen würde. Doch er war ausgesprochen höflich, bat sie herein und benahm sich wie ein Gentleman. Wir blieben nicht mehr besonders lange, denn ich merkte schnell, dass er unruhig wurde und sich wieder seinem PC zuwenden wollte. Ihm schien es im Krankenhaus zu gefallen. Er erzählte uns, dass alle ganz lieb zu im seien und Schwester Irina jeden Tag nach ihm sehe, obwohl sie ja sechs Stockwerke tiefer in der Ambulanz arbeite. Sie hatte ihm sogar ihre Nummer aufgeschrieben, damit er sich im Notfall, also quasi bei jeder Kleinigkeit, die ihn irritierte, anrufen konnte.

Wir fuhren nach Hause. Ich war erleichtert, dass Basti sich in der Klinik so wohl fühlte und gut umsorgt war.

Am nächsten Morgen, einen Tag vor meiner eigenen Abreise in die Klinik im Harz, ich war gerade mit Mutter und zwei Freundinnen im Garten, klingelte mein Telefon, das ich umsichtig in meiner Hosentasche mit mir herum trug. Am anderen Ende der Leitung war Basti.

»Ich will nach Hause. Du musst mich abholen.«

Oh nein, das durfte nicht wahr sein! Irgendetwas musste geschehen sein. »Was ist los?«

»Ich will nach Hause, hol mich gleich ab.«

Meine Gedanken überschlugen sich. Anscheinend war er nicht bereit, mir zu erzählen, was geschehen war. »Mein Arzt hat mir verboten, Auto zu fahren. Ich stehe immer noch unter Beruhigungsmitteln.«

Basti blieb unnachgiebig: »Dann musst du dir etwas einfallen lassen, ich will nach Hause.«

»Basti, das habe ich begriffen, aber ich kann dich im Moment nicht abholen. Bitte bleib doch noch ein paar Tage.«

Mein sanftes Einreden auf ihn verfehlte seine Wirkung: »Nein, ich will heute noch nach Hause. Dann nehme ich eben ein Taxi.« Er klang sehr entschlossen.

Ich musste herausbekommen, was geschehen war und ich hatte auch schon eine Idee. Wenn man 26 Jahre mit einem Autisten zusammenlebt, erkennt man meist seine Denkmuster. Ich musste ihn hinhalten, blieb aber dennoch bei der Wahrheit.

»Heute früh kann ich dich nicht abholen, weil ich niemanden weiß, der fahren kann. Ich kann also frühestens heute Nachmittag kommen.«

»Das ist in Ordnung. Aber du holst mich wirklich ab?« Er glaubte mir nicht so recht.

»Ich hol dich heut noch ab, aber du musst eben warten, bis ich jemanden gefunden habe, der fährt. Ich ruf dich an, sobald ich jemanden weiß.« Ein kurzes »danke« war seine Antwort, dann legte er den Hörer auf.

Da ich meine Liste immer griffbereit und darin auch die Nummer von Schwester Irina aufgeschrieben hatte, rief ich sie an. Ich betete innerlich, dass sie ans Telefon gehen würde und dass wir Basti beruhigen könnten. Der erste Teil meines Gebets wurde erhört, denn bereits beim zweiten Klingeln meldete sie sich.

Ich erklärte ihr die Lage: »Basti möchte heute noch nach Hause. Ist irgendetwas vorgefallen?«

»Ich habe vor ungefähr zwei Stunden nach Basti gesehen, da war er richtig gut aufgelegt«, berichtete sie mir, »ich bin ja unten in der Ambulanz, aber ich schau, dass ich gleich zu ihm kann. Ich melde mich dann bei Ihnen.«

»Danke, Irina, aber erzählen Sie ihm bitte nicht, dass ich bei Ihnen angerufen habe.«

Die Schwester wollte meinem Wunsch nachkommen und wir beendeten das Gespräch vorerst. Hippelig wartete ich auf ihren Rückruf. Es würde nun eine Weile dauern, denn sie musste sich ja zunächst einmal loseisen und dann hoch in den sechsten Stock. Es dauerte nicht sehr lange, bis sie sich wieder meldete.

»Ich war jetzt bei Basti. Er hat mir nicht gesagt, warum er nach Hause will, nur, dass er heim will. Ich weiß jetzt also auch nicht mehr.«

»Wo sind Sie denn jetzt?«

»Ich bin immer noch oben, bin aber aus dem Zimmer gegangen, damit wir ungestört telefonieren können.«

Ich war gottfroh, dass sie so besonnen reagierte. Ich erzählte ihr von meiner Idee: »Bitte fragen Sie auf der Station nach, ob die Visite bereits bei ihm war.« Ich konnte durch das Telefon hören, wie sie mit einer anderen Frau sprach, dann hatte ich sie wieder in der Leitung.

»Die Visite war ungefähr vor einer halben Stunde bei ihm.« So ziemlich unmittelbar danach hatte Basti mich angerufen. Ich sah meine Theorie bestätigt.

»Passen Sie auf, Schwester Irina, versuchen Sie bitte so schnell wie möglich den behandelnden Arzt zu erreichen. Ich vermute, dass er bei Basti war, sich seine Beine angeschaut, aber ihm keine Erklärung abgegeben hat, wie er ihn weiter behandeln möchte. Das versetzt Basti in Angst, er möchte wissen, was mit ihm los ist und was mit ihm geschehen soll. Fragen Sie den Arzt, ob das sein kann und wenn er nicht mit Basti geredet hat, soll er das so schnell wie möglich nachholen.«

Irina versprach mir, sich darum zu kümmern und unterbrach ein weiteres Mal unser Gespräch, um sich nur wenige Minuten später wieder zu melden: »Sie hatten recht, der Arzt war bei Basti, hat ihm aber nichts erklärt. Ich habe ihm erzählt, dass Basti unbedingt wissen muss, was mit ihm geschehen soll. Er ist jetzt auf dem Weg zu ihm und ich geh wieder runter in die Ambulanz. Wenn noch etwas sein sollte, rufen Sie mich einfach wieder an.«

Ich bedankte mich sehr für ihre Hilfe und wir verabschiedeten uns.

Es dauerte wieder nicht lange, bis mein Telefon erneut klingelte. Dieses Mal war es mein Sohn. Er klang ruhig und fröhlich: »Du musst mich nicht abholen, ich bleibe hier.«

»Das ist aber schön. Wir kommt es dazu?«, wollte ich wissen.

»Der Arzt war hier und hat mit mir geredet und mir alles genau erklärt. Ich muss noch eine Weile hier bleiben. Meine Beine sind schon etwas besser geworden und es wird noch zwei bis drei Wochen dauern, bis ich nach Hause kann. Du musst mich also heute nicht abholen.«

Ich war erleichtert. Ich hatte die Situation richtig eingeschätzt.

Am nächsten Morgen fuhr mich eine Freundin, die genau wie ich in die Methodistische Kirche geht und die ich dort kennengelernt hatte, in die Klinik im Harz. Dort herrschten strenge Regeln. Ich erfuhr bereits bei meiner Aufnahme, dass ich nur dreimal die Woche einen Anruf erhalten durfte und zwar abends zwischen 20 und 21 Uhr. Ich selbst durfte öfter telefonieren, rief also an diesem und dem nächsten Abend bei Basti im Krankenhaus an. Es schien alles bei ihm in Ordnung zu sein und ich war froh, dass er in der Klinik und in guten Händen war.

Bevor ich mich am Donnerstagabend bei ihm melden konnte, klingelte mein Telefon. Olli, der Mann meiner Cousine meldete sich am anderen Ende der Leitung: »Basti ist heute nach Hause gekommen«, erfuhr ich von ihm.

Ich war irritiert: »Wurde er denn entlassen?«, wollte ich wissen.

»Nein, er ist anscheinend abgehauen, fuhr mit einem Taxi zum Bahnhof und von dort nach Hause.«

Ich bekam einen großen Schreck und war frustriert. Wie sollte es jetzt mit ihm weitergehen? Ich war nicht zu Hause, um täglich seine Beine zu verbinden.

Olli beruhigte mich: »Ich habe morgen frei, dann fahr ich mit ihm zum Hausarzt.«

Wir beendeten das Telefonat und ich rief Basti an, um ihn zu befragen: »Warum bist du nach Hause gefahren?«

Basti war sauer: »Das sind doch alles Idioten in der Klinik. Die wollten mir Infusionen geben und was haben sie gemacht? Sie haben mir nur jeden Tag Tabletten gegeben und die Beine neu verbunden. Dazu brauch ich nicht in der Klinik zu bleiben.«

Ich konnte ihn verstehen, war aber sehr beunruhigt: »Und wie geht es jetzt weiter?«, wollte ich von ihm wissen.

»Ich geh mit Olli zu Dr. Müller.« Na wenigstens etwas. Unser Hausarzt hatte schon genug mit Basti erlebt und konnte ihn sehr gut einschätzen. Er hatte sich in der Vergangenheit sehr um Basti gekümmert, kam sogar manchmal in seiner Freizeit bei uns vorbei, um nach Bastis Beinen zu schauen. Ich wusste meinen Sprössling also in guten Händen.

Am nächsten Abend rief Basti mich an: »So, jetzt kommt jeden Tag die Sozialstation und verbindet mir die Beine.«

Ich war sehr erleichtert. Wenn Basti sich für diesen Weg entschieden hatte, würde er die Pflegerinnen der Sozialstation auch herein und sich die Beine verbinden lassen. Alles war in Ordnung. So schien es zumindest.

Eine gute Woche später kam es zu einem erneuten Zwischenfall. Mir ging es in der Klinik nicht gut. Ich hatte mich zu Hause zusammenreißen müssen, doch in der Klinik kam alles zum Ausbruch. Immer wieder, wenn ich die Augen schloss, sah ich meinen toten Vater, wie er an einem Seil im Gartenschuppen hing. Ich schlief kaum mehr als zwei, drei Stunden die Nacht, war ein einziges Nervenbündel und verbrachte den Großteil der Nächte bei der Nachtschwester im Stationszimmer. Tagsüber war ich aufgewühlt und überempfindlich. Meine Gelassenheit und Ruhe waren verschwunden. Ich war überhaupt nicht mehr stressresistent, wie ich es von mir gewohnt war.

Am Samstagabend rief mich Basti an. Kaum hatte ich mich gemeldet, brüllte er ins Telefon: »Diese Idioten von der Sozialstation lasse ich nicht mehr rein. Die sind doch zu blöd, meine Beine zu verbinden.«

Ich zwang mich äußerlich zu einer Ruhe, die ich innerlich gar nicht verspürte: »Basti, ganz ruhig«, redete ich besänftigend auf ihn ein. »Was ist los?«

»Die brauchen überhaupt nicht mehr zu kommen!« Er schrie mich immer noch an.

»Basti, bitte schrei nicht. Mir geht es psychisch nicht gut und ich bin gerade nicht belastbar und kann mit deinem Geschrei nicht umgehen.«

Mit dieser Aussage konnte er etwas anfangen und so redete er meinetwegen etwas ruhiger weiter. »Die nehmen schon seit über einer Woche Wundauflagen mit Silber. Das sind doch Idioten. Ich habe ihnen gesagt, dass die nicht gut sind. Und was machen die Idioten? Sie sagen, dass das das Beste ist, was man nehmen kann und nun ist mein eines Bein total entzündet und tut schlimmer weh als vorher.«

Das konnte ich verstehen und auch seine Wut. Er hat eine Silberallergie und ich konnte mir vorstellen, wie seine Beine nun aussahen.

Ich zitterte am ganzen Körper, versuchte aber dennoch, ruhig auf ihn einzureden: »Pass auf, Basti. Ich ruf bei der Sozialstation an und rede ihnen aufs Band, dass sie diese Silberauflagen nicht mehr nehmen dürfen. Das können die doch gar nicht wissen.«

Basti wiederholte noch einmal: »Ich hab denen doch gesagt, dass Silber nicht gut ist. Die wollen ja nicht zuhören, wenn man mit denen redet.« Seine Stimme war wieder lauter geworden.

Ich versuchte also, ihm zu erklären: »Du hättest sagen müssen, dass du eine Silberallergie hast und nicht, dass Silber nicht gut ist. Mit dieser Aussage können sie nichts anfangen.«

»Warum?«, brüllte er mich an: »Das war eine klare Aussage!«

Ich wollte diese Diskussion nicht weiterführen und befahl ihm ruhig: »Morgen lässt du die Frau von der Sozialstation rein und wenn sie wieder die Silberauflagen nehmen will, dann sagst du ihr, dass sie zuerst das Band vom Anrufbeantworter anhören soll. Wir werden das doch irgendwie hinbekommen.«

Basti machte dieses Zugeständnis und wir beendeten unser Gespräch schnell, weil ich einfach nicht mehr konnte. Eine Welle der Angst und Resignation überflutete mich und ich warf mich zitternd aufs Bett und schluchzte. Das war im Moment zuviel für mich. Als ich mich wieder beruhigt hatte, griff ich erneut zum Telefon, wählte die Nummer der Sozialstation, die ich mir auf meiner Liste notiert hatte, weil die Pflegerinnen ja auch täglich zu meiner Mutter kamen und sprach ihnen eine Nachricht aufs Band. Auch in dieser Nacht schlief ich unruhig.

Am Sonntag früh holten mich eine Freundin aus Stuttgart gemeinsam mit ihrem Mann und meinem Seelsorger ab. Der Pfarrer sollte eine Predigt in einem anderen Ort halten und ich hatte die Sondergenehmigung des Chefarztes, dass ich mitfahren durfte. Als wir bei der Kirche angekommen waren, hatte ich eine Idee: »Hanna«, fragte ich die Freundin, »hast du ein Handy dabei? Ich sollte mal Basti anrufen.« Sie drückte mir ihr mobiles Telefon in die Hand und ich wählte die Nummer meines Sohnes. »Wann kommt denn die Frau von der Sozialstation immer?«, wollte ich von ihm wissen.

»Zwischen neun und halb zehn«, gab er mir zur Antwort.

»Dann ruf mich bitte auf diesem Handy an, damit ich mit ihr reden kann. Hanna gibt dir die Nummer, schreib sie bitte auf.« Ich reichte Hanna das Mobilteil und sie gab Basti die Nummer durch.

Um 9.30 Uhr sollte der Gottesdienst beginnen, also würde ich vorher mit der Schwester reden können, wenn sie pünktlich war. Manchmal habe ich das Gefühl, dass wenn in meinem Leben ein Problem ansteht, automatisch Finagles Gesetz in Kraft tritt, das oft fälschlicherweise Murphy zugeschrieben wird: »Wenn etwas schiefgehen kann, dann wird es auch schiefgehen und das zum schlimmstmöglichen Zeitpunkt.«

Um 9.25 rief ich erneut bei Basti an. Er reagierte genervt und erinnerte mich daran, dass er schließlich versprochen hatte, mich gleich anzurufen, wenn die Frau da sei. Ich schickte Hanna mit ihrem Mann allein zum Gottesdienst, ich wollte draußen auf den Rückruf warten. Zu allem Unglück fing es auch noch an zu regnen. Unruhig lief ich vor der Kirche auf und ab. Meine Frustration stieg und wieder kamen mir die Tränen. Ich hatte Panik, dass Basti die Pflegerin rauswerfen würde und ich meinen Klinikaufenthalt abbrechen müsste, um ihn wie immer selbst zu pflegen. Ich setzte mich auf eine Parkbank vor der Kirche und war schon ziemlich nass geworden, als Hanna heraus kam. Sie nahm mich kurz in den Arm und holte einen Schirm aus dem Auto. Nicht nur der Himmel weinte, ich tat es ihm gleich. Hanna setzte sich zu mir auf die nasse Bank und hielt den Schirm über mich. Sie versuchte erfolglos, mich zu beruhigen und fing dann an, für mich und Basti zu beten. Ich sagte ihr, sie solle wieder hinein zu ihrem Mann gehen, aber sie wollte mir beistehen, was ich dankbar annahm.

Um 11.25 Uhr, die Kirchentüren öffneten sich gerade und die Gottesdienstbesucher strömten heraus, klingelte endlich das Telefon. Basti war dran, gab den Hörer aber gleich an die Pflegerin weiter. Ich schluckte meine Tränen hinunter und erklärte der Frau die Sache mit der Silberallergie. Sie sagte mir, dass sie bereits den Anrufbeantworter abgehört hatte und Bescheid wisse. Bastis Beine wurden seit diesem Tag richtig gut versorgt und es gab keine Probleme mehr mit der Wundversorgung. Ich konnte von nun an meinen Klinikaufenthalt ohne weitere Sorgen um Bastis Pflege fortsetzen.

POLIZEI

Es begann im Juli 1999, da hatten wir eine Familienfeier. Es wurde spät an diesem Abend und da meine Schwester mit ihrer Familie nicht in der Nacht die 80 Kilometer nach Hause fahren wollte, übernachteten sie bei uns im Haus. Meine Schwester Klara, ihr Mann Rolf und die jüngste Tochter schliefen im Gästezimmer, direkt unter Bastis Zimmer, ihre beiden anderen Kinder im Wohnzimmer meiner Eltern.

Ich bin es nicht gewohnt lange aufzubleiben, deshalb fiel ich gegen Mitternacht todmüde ins Bett und schlief bald tief und fest.

Ich wurde durch das schrille Klingeln der Türglocke aus dem Schlaf gerissen und musste mich erst einmal orientieren. Mein Blick fiel auf den Wecker. Er zeigte 2.27 Uhr an, also mitten in der Nacht. Gerädert sprang ich aus dem Bett, während die Glocke unnachgiebig ihren lauten Ton erklingen ließ. Im Pyjama rannte ich die Treppen runter. Mit einem Ruck öffnete ich die Haustür und verschluckte gerade noch eine heftige Äußerung, als ich zwei Polizisten vor der Tür stehen sah, einen Mann mittleren Alters und eine jüngere Polizistin, die ihr dunkles Haar unter ihrer Mütze zum Pferdeschwanz zusammengebunden hatte. Augenblicklich verstummte das Klingeln und im gleichen Moment kamen Klara und Rolf aus der unteren Wohnung und gesellten sich zu mir.

»Guten Morgen«, grüßte uns der Polizist freundlich, »wir wurden angerufen, es sollen sich Einbrecher im Haus befinden.«

»Da ... da sind Sie bestimmt falsch hier, von uns hat niemand angerufen«, stammelte ich immer noch schlaftrunken.

»Doch, doch, ein gewisser Herr Ho...« Weiter kam der Beamte nicht, denn genau in diesem Moment ertönte die laute Stimme dieses gewissen Herrn vom oberen Treppenabsatz zu uns herunter: »Ich habe angerufen! Ich habe merkwürdige Stimmen gehört. Die haben so seltsam geflüstert. Das waren bestimmt Einbrecher.«

Mein schlaftrunkenes Gehirn wollte immer noch nicht so recht begreifen, was los war, und ich überlegte einen Moment, ob ich vielleicht alles nur träume, als mich der Polizist aus meinen Gedanken riss.

»Wohnen Sie hier?«, wollte er wissen, während sich seine Kollegin immer noch schweigend im Hintergrund hielt.

Diesmal ergriff Klara das Wort: »Mein Mann und ich sind mit unseren drei Kindern zu Besuch hier, meine Schwester und ihr Sohn, der sie angerufen hat, wohnen hier«, erklärte sie und deutete dabei auf mich.

»Wer befindet sich außer Ihnen noch im Haus?«, ergriff nun die Polizistin das Wort.

»Unsere Eltern und die drei Töchter meiner Schwester«, erwiderte ich und fügte hinzu: »Aber anscheinend sind sie nicht aufgewacht.«

»Wir müssen nun leider das Haus durchsuchen und überprüfen, ob ein Einbruch stattgefunden hat. Dürfen wir bitte eintreten?« Der Polizist machte einen Schritt auf mich zu, während ich den beiden Beamten den Weg freimachte. Die beiden Kollegen durchsuchten zuerst die Kellerräume, dann die Wohnräume meiner Eltern. Bastian war die Treppe heruntergekommen und meine älteste Nichte war nun auch zu uns gestoßen, die beiden anderen Kinder und meine Eltern schliefen noch und ich verwehrte den Polizisten die Durchsuchung ihrer Schlafräume. Ich wollte vor allem nicht, dass die restlichen Schläfer auch noch geweckt wurden. Auch in die Zimmer meiner Wohnung warfen die beiden einen Blick.

Es war keine Spur von Einbrechern im Haus zu entdecken.

Ich überlegte, ob ich den Beamten erklären sollte, dass mein Sohn Autist und durch seine verschärfte Wahrnehmung besonders geräuschempfindlich ist, entschied mich aber dafür, diese Weisheit für mich zu behalten, um meinen Sohn nicht bloßzustellen. Meine Schwester hatte den Polizisten inzwischen erklärt, dass Rolf zur Toilette gegangen und sie wach geworden war, als er wieder zurück ins Gästezimmer kam. Die beiden hatten dann kurz im Flüsterton miteinander geredet, was wohl Basti eine Etage darüber gehört haben musste.

»Ich konnte ja nicht wissen, dass Klara und ihr Mann flüstern. Hätten sie sich normal unterhalten, wäre mir das Geräusch nicht verdächtig vorgekommen.« Eine einfache Logik, die mein Sohn da an den Tag legte. – Die beiden hatten miteinander geflüstert, um ihre Tochter nicht zu wecken, die auch selig weiterschlief. Dass Bastian das nicht nur hören, sondern daraufhin auch noch die Polizei anrufen würde, damit konnten sie nicht rechnen.

Im Laufe des nächsten Tages sprach ich mit meinem Sohn über diesen Vorfall. Wie immer, wenn ich etwas Wichtiges mit ihm zu besprechen hatte, versuchte ich ruhig und sachlich zu bleiben, um ihn nicht in Aufregung und Stress zu versetzen. Er war sehr stolz darauf, das in seinen Augen Richtige getan zu haben, indem er den Notruf gewählt hatte.

»Woher sollte ich denn wissen, dass Klara und Rolf miteinander flüstern? Da war es doch klar, dass ich die Polizei rufe«, bekräftigte er seine Aussage der vergangenen Nacht noch einmal. Seine Erklärung war immerhin schlüssig und wir alle nahmen sie mit einem Schuss Humor. Immerhin hatten wir in der Nacht nach unserer Feier ein kleines Abenteuer erlebt.

Dennoch musste ich ihn für die Zukunft vorbereiten: »Wir machen das nun ab heute so: Wenn du wieder verdächtige Geräusche hörst, dann weckst du mich und ich entscheide, ob wir die Polizei rufen.«

Diesen Befehl von mir nahm er auch kommentarlos hin, weckte mich jedoch bereits einige Nächte später wieder aus dem Tiefschlaf: »Moni, da sind wieder so verdächtige Geräusche«, flüsterte er, während er mich an der Schulter rüttelte. »Soll ich die Polizei rufen?«

Schnell wurde ich richtig wach. »Was für Geräusche?«, fragte ich ihn leise.

»Hör doch mal!« Ich lauschte, hörte aber nur den Wind, der ums Haus strich und sagte ihm das auch. »Du musst aber richtig nachsehen!« Er blieb hartnäckig. Also stand ich seufzend auf und durchsuchte unsere Wohnung, dann schlich ich runter zu seinen Großeltern. Bastian blieb mit dem Funktelefon bewaffnet nur wenige Meter hinter mir, um im Bedarfsfall schnell den Notruf wählen zu können. Auch in diesem Stockwerk war keine Spur von einem Eindringling zu entdecken.

Doch Basti gab sich damit nicht zufrieden: »Du musst noch im Keller nachsehen!«, befahl er leise.

Unser Keller besteht aus einem Gang und neun Zimmern und er gab sich nicht eher zufrieden, als bis ich in jedem einzelnen der Räume nach dem Rechten gesehen hatte. Danach durfte ich wieder zu Bett gehen. Es dauerte auch diesmal lange, bis ich wieder eingeschlafen war.

Von da an verging kaum eine Nacht, in der er mich nicht aufweckte, manchmal sogar bis zu dreimal in einer Nacht und jedes Mal bestand er auf einer gründlichen Hausdurchsuchung. Er folgte mir dabei in knappem Abstand, stets mit dem Telefon in der einen und einer leeren Flasche als Waffe in der anderen Hand. Am Anfang fand ich hinterher meist sehr schlecht wieder in den Schlaf. Doch der Mensch ist ein Gewohnheitstier und so gewöhnte ich mich ziemlich schnell an die nächtlichen Exkursionen und konnte, kaum dass mein Kopf das Kissen berührte, wieder einschlafen.

Dieses Ritual der nächtlichen Wanderungen durchs Haus hält sich mit nur wenigen Unterbrechungen bis heute. Manche Geräusche lernte er zuzuordnen, andere blieben für ihn fremd und bedrohlich und diesen musste ich auf den Grund gehen, ob ich wollte oder nicht.

Das ging ohne Anrufe bei der Polizei bis ins Jahr 2012 gut. Es waren schon einige Wochen vergangen, in denen er keine vermeintlichen Einbrecher gehört und mich kaum mehr geweckt hatte. Doch dann war ich nach dem Tod meines Vaters für einige Zeit in der Klinik. So war Basti allein mit seiner Oma im Haus, die er nicht zu wecken wagte. Sie ist schwerhörig und leidet unter Alzheimer, also kam sie in seinen Augen als Einbrecherjägerin nicht in Frage.

Basti rief mich mehrmals die Woche in der Klinik an und bei einem dieser Anrufe erzählte er mir dann: »Ich habe in letzter Zeit wieder Angst vor Einbrechern. Das liegt vielleicht daran, dass du nicht zu Hause bist und manchmal sind da wirklich merkwürdige Geräusche.«

Ich konnte ihm leider telefonisch nicht weiterhelfen, sagte ihm aber, dass ich ihn für sehr tapfer halte, allein mit seiner Oma im Haus die Nächte zu verbringen. Er war es nicht gewohnt, allein in der Wohnung zu sein. Bei meinen seltenen Urlauben übernachtete entweder sein Vater in unserer Wohnung oder ein irakischer Flüchtling, den ich vor Jahren vorübergehend bei uns aufgenommen hatte und zu dem wir beide einen guten Kontakt haben.

So kam es einige Tage später, wozu es ja eines Tages kommen musste. Unser Nachbar, Manfred, der während meiner Abwesenheit bei uns nach dem Rechten sah und sich oft um meine Mutter und Basti kümmerte, rief mich in der Klinik an.

»Bei euch im Haus war diese Woche schon Großeinsatz der Polizei. Zwei Streifenwagen mit je zwei Beamten kamen mit Blaulicht angefahren und die Polizei durchsuchte euer ganzes Haus nach Einbrechern, weil Basti die 110 angerufen hatte, weil er dachte, es wäre jemand eingebrochen.«

Die Nachbarsfamilie wohnte 1999 noch nicht in diesem Haus und so wusste der patente und hilfsbereite Mann nichts von der Vorgeschichte. Also sagte ich ihm, mit einem Schmunzeln im Gesicht, das er leider nicht sehen konnte: »Na ja, diesen Fall hatten wir vor ein paar

Jahren schon einmal.« Ich war tatsächlich eher belustigt als beunruhigt.

»Ich habe das nachts mitbekommen und bin zu euch rüber, um mit den Polizisten zu reden«, erklärte er mir, »und ich konnte sie beruhigen und ihnen erklären, dass Basti schnell Angst bekommt. Dummerweise, sagten mir die Beamten, müssten sie solch einem Hinweis in jedem Fall nachgehen und würden also auch in Zukunft kommen, wenn sie einen solchen Anruf erhalten.« Bevor ich reagieren konnte, fuhr er auch schon fort: »Du weißt ja, dass ich bei der Feuerwehr bin. Ich habe am nächsten Tag bei der Polizeiwache angerufen und die Polizei darum gebeten, mich sofort über Handy anzurufen, falls Basti sich noch mal bei ihnen meldet. Sie rufen mich also an, müssen aber dennoch losfahren und dem Hilferuf nachkommen, aber ich kann dann schon mal nach dem Rechten sehen. Zudem habe ich Basti meine Handynummer gegeben, damit er erst mich nachts anrufen kann, bevor er den Notruf wählt. Ich hoffe, das klappt dann auch so.«

Ich fand das eine geniale Lösung und freute mich sehr, einen solch hilfsbereiten Nachbarn zu haben. Ich weiß, dass ich mich nun darauf verlassen kann, dass Basti nicht in seinen Ängsten bleiben muss, sondern in meinem Nachbarn einen kompetenten Ansprechpartner hat.

Natürlich habe ich bei unserem nächsten Telefonat auch mit Basti kurz über diesen Vorfall gesprochen und er klang ein wenig zerknirscht: »Ich habe leise Stimmen gehört und dachte, da sei jemand im Haus. Aber anscheinend haben da nur welche miteinander geredet, die an unserem Haus vorbeigelaufen sind. Das konnte ich nicht unterscheiden und hab die Polizei gerufen. Aber wenn ich wieder Angst bekomme, dann rufe ich zuerst den Manfred an.«

SCHRIFTSTÜCK

Bastian fällt es recht leicht, Schriftstücke zu erstellen und er kommuniziert oft brieflich, teilweise auch mit mir. Wir haben beide jeweils einen PC und schicken uns zu wichtigen Dingen E-Mails, was in unserem Fall leichter ist als miteinander zu reden. Es gibt Autisten, die kommunizieren ausschließlich schriftlich, das ist zum Glück bei Basti nicht der Fall. Dennoch kann er sich schriftlich meist besser ausdrücken als verbal. Verbal beschränkt er sich oft auf das Wesentliche, während er sich schriftlich sehr viel origineller und ausführlicher mitteilen kann.

2009 trat er der Piratenpartei bei. Zu jeder Sitzung der Partei in unserer Gegend, musste ich ihn begleiten. Ungewöhnlich schnell schlug seine Begeisterung jedoch in Desinteresse und schließlich Missbilligung um.

Im Oktober 2012 trat er schriftlich aus der Partei aus. Dieses Schreiben gebe ich hier gern ungekürzt wieder, denn ich halte es für interessant, etwas direkt von ihm zu lesen:

> Beendigung meiner Mitgliedschaft / Austritt aus der Piratenpartei
> Sehr geehrte Damen und Herren,
> hiermit erkläre ich meinen Austritt aus der Piraten-partei Deutschland – Baden-Württemberg.
> Der Mitgliedsausweis liegt diesem Schreiben bei.

Obwohl keine Begründung für den Austritt notwendig wäre, möchte ich einige erklärende Worte beilegen.

Liebe Piratenpartei,

als wir zusammengefunden haben, im März 2009, warst Du noch eine Andere. Du hast Dich für Freiheit und Demokratie eingesetzt, eine radikaldemokratische Partei, die in Deutschland schmerzlich vermisst wurde, eine wilde Kämpferin, eine junge Rebellin gegen das Establishment für die Werte, die unser Land nach den verheerenden Erfahrungen zweier verlorener Weltkriege erneut zur führenden Wirtschaftsmacht in Europa gemacht hatten. Du musstest Dich gegen den Vorwurf wehren, Kinderpornografie zu unterstützen, als die Feinde der zerbrechlichen Demokratie Gesetze auf den Weg brachten, um das Internet zu zensieren und Bürger frei nach ihrem Willen in Passagierflugzeugen abzuschießen. Du hast gegen die etablierten Meinungen, gegen die Lügen aus den Massenmedien, gegen übermächtige Gegner angekämpft und Du hast diesen Kampf, um die beste Verfassung der Welt zu schützen, gewonnen.

Du warst jung, wild, anziehend, aus Deinen Schenkeln schien die Zukunft dieser Nation zu gebären, Du wolltest zur jungen Mutter der Freiheit werden, die von anderen Parteien zugunsten parteipolitischer Erwägungen und paranoider Wahnvorstellungen aufgegeben worden war. Deine Verehrer waren zahlreich, doch Du hast Dir stets deine Reinheit bewahrt.

Doch nachdem Du diesen Kampf gewonnen hattest, vergraultest Du Deine alten Liebhaber, Du zerbrachst an inneren Querelen. Beim Bundesparteitag 2010 in meiner Heimatstadt stellte sich je-

mand zur Wahl auf, der niemals vorhatte, gewählt zu werden. Du umgabst Dich mit Selbstdarstellern, mit Talmiglanz. Deine güldenen Haare waren nur mehr Pyrit, Deine Unschuld tauschtest Du gegen dieselben Altersbeschwerden, die auch die sogenannten etablierten Parteien hatten. Doch wäre es nur dabei geblieben! Nein, Du zogst auch noch Leute an, die ohne die Erinnerung an Deinen heldenhaften Kampf für die Freiheit gegen die Lügen einer Ursula von der Leyen und der perversen Ausgabe einer Stephanie zu Guttenberg als kleine Mädchen, um sich für das Fernsehen mit alten pädosexuellen Männern zu treffen, aufgewachsen waren. Du wandtest Dich von jenem ab, wofür ich Dich geliebt habe. Nicht länger zählte für Dich der Kampf für Freiheit und Gerechtigkeit, sondern der Kampf um Wählerstimmen. Du wurdest eine von Vielen, austauschbar. Aus der heiligen Jungfrau wurde eine unheilige junge Frau, aus meiner Verehrung wurde Trauer, aber ich hoffte auf eine Rückkehr zu Deinen Wurzeln. Würdest Du Dich wieder über innerparteiliches Geplänkel erheben können?
Um es kurz zu machen: Nein, Du bist nicht mehr jene geworden, die Du einst warst. Du hast Dich verändert. Wir passen nicht mehr zusammen. Es tut mir weh, dass Du Deine erste Generation verraten hast. Du bist zum Mainstream geworden, den Du einst bekämpft hast. Du wolltest Transparenz und bist selbst intransparent geworden, Du wolltest Basisentscheidungen und lässt nur noch Deine hohen Funktionäre entscheiden!

Trotz allem habe ich immer zu Dir gehalten, doch ich kann nicht mehr mit Dir leben! Längst ist der Hauch des Frühlings verflogen, der Dir innewohnte. Du hast ein Vollprogramm entwickelt, das nicht mehr mit dem vereinbar ist, wofür ich Dir beigetreten war. Du hast Dich mit Leuten eingelassen, die die Illegalisierung von Kinderpornografie in jedem Fall als höher ansehen als die Freiheit des Internets und die Verfolgung von Kinderschändern. Du stellst die Vergewaltigung von Kindern mit der Liebe zweier junger, vielleicht sechzehn oder siebzehn Jahre alter, Menschen auf eine Stufe! Die Pubertät bei Jugendlichen findet immer früher statt, doch Du willst ungeachtet dessen jemanden genauso behandeln, der als Siebzehnjähriger intime Momente mit seiner Liebsten filmt, wie einen brutalen Menschenschänder, ein gewissenloses Raubtier genauso wie eine junge Lebensblüte! Liegt es daran, dass Du selbst zur Hure für Karrieregeile und Lobbyisten geworden bist? Dein Hass gegen die durchaus gerechtfertigte Meinung von Falkvinge ist bloße Verbitterung. Du bist nicht mit der Zeit gegangen und wirst deshalb mit der Zeit vergehen.

Ich werde vermissen, was Du einst warst!

FRAGE-ANTWORT

Bastian hat natürlich alles durchgelesen, was ich über ihn geschrieben habe, und daraufhin überprüft, ob es mit seiner Erinnerung übereinstimmt. War dies nicht ganz der Fall, denn manchmal trügen uns unsere Erinnerungen, musste ich korrigieren. Dies machte ich gerne, denn ich möchte, dass jeder die Wahrheit lesen kann und keine erfundenen Geschichten.

Ich war eigentlich schon fertig mit diesem Buch, da bat er mich, unbedingt auch diese Geschichte zu schreiben, denn er fand das Erlebnis sehr skurril und aufschlussreich:

Zwölf Wochen lang war ich nach dem Tod meines Vaters in der Akutstation der Klinik im Harz. Ich hatte ein straffes Programm zu absolvieren. Jeder Patient dort bekommt bei seiner Ankunft einen Therapieplan. Diesen muss man sich vorstellen wie einen Stundenplan. Der Plan enthält sieben Spalten mit den Wochentagen. In diesen Spalten stehen Uhrzeiten und die entsprechenden Therapien, an denen wir Patienten teilnehmen mussten.

Basti rief mich zweimal die Woche an. Mehrfach wollte er wissen, was ich den Tag über getan hatte. An einem Dienstag, ich war schon einige Wochen in der Klinik, erzählte ich ihm von unserem Therapieplan und er wollte genau wissen, was darauf steht und was wir Patienten alles machen müssen. Ich wollte alles aufzählen, doch ständig unterbrach er mich und so entstand ein Dialog, wie er für uns beide typisch ist.

Basti:	»Was habt ihr heute gemacht?«
Ich:	»Zuerst war Frühsport, dann Besinnung ...«
Basti:	»Sitzt ihr da rum und sinnt über etwas nach?«
Ich:	»Nein, das ist eigentlich eine Andacht ...«
Basti:	»Dann denkt ihr also über etwas nach?«
Ich:	»Nein, das ist ungefähr wie eine Predigt, aber eine kurze. Die hat heute ein Therapeut gehalten.«
Basti:	»Also eine Kurzpredigt. Warum nennt sich das dann Besinnung, wenn ihr gar nicht nachsinnt, sondern eine Kurzpredigt gehalten wird?«
Ich:	»Darüber hab ich noch gar nicht nachgedacht.«
Basti:	»Dann frag mal diesen Therapeuten, warum die falsche Angaben machen. – Was habt ihr sonst noch gemacht?«
Ich:	»Nach der Kurzpredigt war Visite, dann Frühstück, dann Arztvortrag ...«
Basti:	»Was hat der Arzt denn vorgetragen?«
Ich:	»Also, um genau zu sein, war der Arzt in Urlaub und so hat den Vortrag ein Therapeut gehalten.«
Basti:	»Ist der Therapeut denn auch Arzt?«
Ich:	»Nein, natürlich nicht. Er ist einfach ein Therapeut.«
Basti:	»Dann ist das strafbar. Du kannst ihn anzeigen. Ein Therapeut darf keinen Arztvortrag halten. Das ist Amtsanmaßung.«
Ich:	»Aber der Arzt ist doch in Urlaub, also musste der Therapeut übernehmen.«
Basti:	»Das ist egal. Ein Therapeut kann höchstens einen Therapievortrag halten, aber keinen Arzt-

	vortrag. Sag ihm das und wenn er es noch einmal macht, dann zeig ihn an.«
Ich:	»Okay, mach ich.« Ich hatte mir zwar vorgenommen, mit dem Mann zu reden, es dann aber vergessen. Angezeigt habe ich natürlich nie jemanden.
Basti:	»Weiter, was habt ihr sonst noch gemacht?«
Ich:	»Dann hatten wir Gruppentherapie, danach …«
Basti:	»Halt! Das hat dann auch wieder der Therapeut gemacht?«
Ich:	»Äh … nein. Diese hat heute eine Psychologin abgehalten.«
Basti:	»Hätte ich mir ja denken können. Weiter.«
Ich:	»Dann gab es Mittagessen.« Ich wurde durch ein Klopfen an der Tür unterbrochen, eine Schwester kam herein und ich sagte zu Basti: »Ich muss mal kurz den Hörer hinlegen.«
Basti:	»Aber das Hinlegen machst du bitte nicht mit dem Therapeuten.«

Die Schwester hatte nur nach meiner Zimmernachbarin gesucht und das Zimmer gleich wieder verlassen.

Ich:	»Ich bin wieder da.«
Basti:	»Also dann weiter. Was war nach dem Mittagessen?«
Ich:	»Hauswirtschaftstherapie.«
Basti:	»Aha?! Was hast du da gemacht?«
Ich:	»Unser Zimmer geputzt.«
Basti:	(amüsiert) »Ach, die nennen das Therapie?! Also therapeutisches Putzen. Die denken sich wohl: ›Wir können unsere Angestellten nicht bezahlen, dann nennen wir das einfach Therapie und lassen das von den Patienten machen‹.

Mich wundert es, dass euch das nicht auffällt, wie ihr da ausgenutzt werdet.«

Ich: »Natürlich merken wir das nicht, sonst wären wir ja gesund und könnten nach Hause.«

Basti: »Was habt ihr dann noch?«

Ich: »Ergotherapie nach Absprache.«

Basti: »Absprache bedeutet wohl, dass der Therapeut bestimmt, ob er Lust dazu hat. Und danach?«

Ich: »Therapeutischer Spaziergang, anschließend therapeutisches Einkaufen.«

Basti: »Geht da dann ein Therapeut mit oder müsst ihr für den Therapeut einkaufen?«

Ich: »Weder noch. Da gehen immer mehrere Patienten zusammen spazieren und einkaufen – ohne Therapeut. Und wir kaufen für uns etwas ein, wenn wir etwas brauchen.«

Basti: »Und die nennen das dann ,therapeutisch', damit sie das besser abrechnen können?! Da hätte ich auch von allein drauf kommen können. Was macht ihr sonst noch so in eurer Therapie?« Das Wort »Therapie« betonte er so, als würde es sich um das neueste Spaßwort handeln.

Ich: »Zweimal die Woche ist Videoabend, das ist aber freiwillig.«

Basti: »Freiwillig? Bedeutet das, dass die Therapeuten freiwillig nach Hause gehen? Ihr schaut dann wohl Filme über Therapeuten an. Wie wär's mit Stephen Kings Meisterwerk ›der Therapeut‹?«

Ich: »Wir haben auch zweimal in der Woche Spieleabend.«

Basti:	»Lass mich raten … das nennt sich dann thera-peutisch und ihr spielt Patient und Therapeut?«
Ich:	»Nein, das nennt sich einfach nur ›Spieleabend‹ und wir spielen da ganz normale Spiele.«
Basti:	»Und weiter?«
Ich:	»Einmal die Woche ist ein Lehrvortrag.«
Basti:	»Hält den dann wenigstens ein Lehrer?«
Ich:	»Nein, meist der Chefarzt oder ein Pfarrer.«
Basti:	»Ist ja eigentlich auch logisch. Wenn der Thera-peut den Arztvortrag hält und die Psychologin die Therapie macht, dann hält natürlich der Arzt den Lehrvortrag, sonst hätte der ja gar nichts zu tun.«
Ich:	»Ach ja, beinahe hätte ich es vergessen: Einmal in der Woche ist Musiktherapie.«
Basti:	»Die dann wieder die Psychologin leitet?«
Ich:	»Nein, das macht meist ein Pfleger.«
Basti:	(lacht) »War ja fast klar, der braucht ja auch Arbeit.«
Ich:	»Am Donnerstag ist immer Schwimmen. Da-nach haben wir Freizeit.«
Basti:	»In der du dann wieder freiwillig putzen darfst!«
Ich:	»Stimmt, wir putzen da auch, aber das ist nicht freiwillig …«
Basti:	»… sondern therapeutisch, ist ja klar.«
Ich:	»Am Freitag haben wir immer das meiste zu tun.«
Basti:	»Ja, deshalb heißt der Freitag auch FREI-tag, weil man da am meisten zu tun hat. Klingt ir-gendwie unlogisch.«
Ich:	»Also, da haben wir zuerst wieder Frühsport, dann Besi… äh … Kurzandacht, dann Frühs-

tück, dann wieder Ergotherapie, dann progressive Muskelentspannung …«

Basti: »Aha …« (er überlegt ein wenig) »Ich weiß jetzt nicht, was ich mir darunter vorstellen soll. Ist das so etwas wie Selbstmeditation? Aber ich denke, das will ich gar nicht wissen.«

Ich: »… dann ist Mittagessen, danach Arbeitstherapie, aber die fällt meist aus.«

Basti: »Womit wir nun endgültig geklärt haben, warum der Freitag ›FREI-tag‹ heißt, weil ihr da frei habt oder arbeiten müsst, aber Arbeit macht ja bekanntlich frei, also passt der Name ja trotzdem.«

Ich: »Und natürlich müssen wir am Freitag auch wieder therapeutisch putzen.«

Basti: »Na wenigstens haben die Putzfrauen dann am Freitag frei.«

Ich: »Wir haben keine Putzfrauen, das sind Hauswirtschaftstherapeutinnen. Und die haben am Freitag nicht frei.«

Basti: »Das war ja wieder klar … die führen mit euch ein therapeutisches Gespräch darüber, was ihr putzen sollt und haben dann erst frei. Ich denke, nun habe ich euer System verstanden.«

Damit beendeten wir die Diskussion über meinen Therapieplan, redeten noch kurz über seinen Schachklub und verabschiedeten uns voneinander.

EINFACH ANDERS

Viele Leute haben mich immer wieder dazu aufgefordert, ein Buch über das Leben mit meinem Sohn zu schreiben. Die meisten Menschen haben schon einmal das Wort »Autismus« gehört, doch die wenigsten wissen etwas damit anzufangen. Mir wurden im Laufe der Jahre viele Fragen dazu gestellt und ich habe immer versucht, den Wissensdurst meiner Gesprächspartner zu stillen. Mir ist bei diesen Gesprächen immer wieder aufgefallen, wie viele Missverständnisse und Vorurteile es zu dem Thema gibt.

Dass Basti anders ist als andere Kinder habe ich gemerkt, als er zwei Jahre alt war und mit seinen Autos spielte. Diese stellte er aber immer nur nebeneinander, zählte sie und warf sie wieder durcheinander, um von vorn anzufangen. Auf dem Spielplatz wollte er mit anderen Kindern nichts zu tun haben, sie waren ihm zu laut und verbreiteten zu viel Stress und er hat nie mit ihnen gespielt. Auch hat er lange Zeit nicht wahrgenommen, wenn er pinkeln musste oder ein großes Geschäft zu erledigen hatte und hat ständig in die Hosen gemacht und war doch niemals Bettnässer, denn nachts ging er immer zur Toilette. Er wurde von mehreren Kinderärzten oder Psychiatern untersucht, aber keiner konnte feststellen, was er hat.

Als er in die Grundschule kam und mit Kindern seines Alters das Alphabet lernen sollte, beschäftigte sich Bastian gerade mit »Schrödingers Katze«. Dabei handelt es sich um ein Gedankenexperiment aus der Quantenphysik, das 1935 von einem Herrn Schrödinger vorgeschlagen wurde, um einen physikalischen Vorgang anschaulich darzustellen. Vereinfacht wiedergegeben geht es darum, dass eine Katze in einen undurchsichtigen Metallkasten gesteckt wird. Darinnen befindet sich ebenfalls ein winziges radioaktives Element und ein Röhrchen mit Blausäure. Beides ist vor dem Zugriff der Katze gesichert. Entweder zerfällt nun ein atomares Teilchen des Elements, was zur Folge hätte, dass das Röhrchen mit der Blausäure zerstört wird und diese die Katze tötet, oder es zerfällt nicht, das Röhrchen bleibt ganz und die Katze verschont. Keiner weiß das. Würde man den Kasten öffnen oder die Katze sonst wie beobachten, hätte dies Einfluss auf das Experiment und würde das Ergebnis verfälschen. Das Ergebnis müsste also bei geschlossenem Kasten festgestellt werden, was aber nicht möglich ist. Die Frage ist nun, ob das radioaktive Teilchen zerfallen ist und damit das Röhrchen mit der Blausäure zerstört hat, oder ob dies nicht der Fall ist und die Katze noch lebt. – Wahrscheinlich werden sich die meisten Quantenphysiker bei dieser laienhaften Darstellung die Haare raufen …

Basti hat sich also mit diesem Gedankenexperiment beschäftigt und ich musste mich zwangsläufig auch damit beschäftigen, weil ich die einzige, ständig greifbare Gesprächspartnerin war. Zuerst wurde er meist zornig, weil ich nicht begriff, was er überhaupt von mir wollte, dann verstand ich nicht, warum ich quantenphysikalische Probleme eines Mannes lösen sollte, der bereits 1961 verstorben war. Noch zorniger wurde er allerdings, als ich das Problem ganz pragmatisch löste, indem ich ihm erklärte, die Katze sei hundertprozentig tot, weil keine Katze, die 1935 in einen Kasten gesteckt wurde, 1992 noch leben kann.

»Moni, du bist einfach dumm«, sagte er zu mir, was ich nie verstanden habe, denn ich finde meinen Lösungsansatz sehr intelligent und schlüssig. Er fand auch meine Frage dumm, ob denn der Tierschutzbund nie eingegriffen hätte, ebenso meine Aussage, einem Kerl wie Schrödinger sollte man gar kein Haustier anvertrauen, egal, ob er studiert hat oder nicht.

Im Laufe unseres gemeinsamen Lebens hatten wir viele Diskussionen zu Themen, von denen die meisten Leute vermutlich noch nie etwas gehört haben. In den letzten Jahren muss ich mich allerdings nicht mehr so häufig mit philosophischen Problemen auseinandersetzen. Zum Glück gibt es Internet und Foren, in denen philosophiert wird, bis der Kopf anschwillt. Auch als Ansprechpartnerin für scheinbare oder echte Ungerechtigkeiten habe ich fast ausgedient. Für Ungerechtigkeiten und politische Ungereimtheiten findet Basti andere Stellen als seine Mutter, die eh nichts daran ändern kann. So reicht er seit zirka drei Jahren fast wöchentlich eine Petition beim Petitionsausschuss des Bundestages ein. Vermutlich gibt es dort schon einen eigenen Prüfungsausschuss, der sich nur mit seinen Schreiben beschäftigt.

Dass mit Bastis Augen etwas nicht in Ordnung ist, stellten wir schon früh fest. Wenn er etwas lesen wollte, ging er auffallend nahe an den Text heran, er hielt ihn sich buchstäblich vor die Nase. Wir dachten natürlich, er sei kurzsichtig, jedoch brachten augenärztliche Untersuchungen kein Ergebnis, im Gegenteil, sein Sehvermögen war auffallend gut ausgeprägt. Aber Basti hat eine

Fehlsichtigkeit, die von einem Optiker mit Zusatzausbildung, einem Orthoptisten, festgestellt wurde und er bekam eine Spezialbrille. Immer wenn ihn etwas stresste, hatte er nun ein Objekt auf der Nase, an dem er seine Wut auslassen konnte. Ich weiß nicht, wie viele Brillen er verbraucht hat, wir waren wohl die besten Kunden, die der Optiker je hatte. Aber irgendwann wollte ich die Brillen nicht mehr bezahlen, Basti wollte sie eh nicht aufsetzen und machte sie meist gleich kaputt, und so hat er keine Brille mehr bekommen.

Es gibt noch mehr Auffälligkeiten bei Basti, die ihn von anderen Menschen unterscheiden. Eine davon ist die, dass er nicht lügt. Es wird zwar allgemein behauptet, dass alle Menschen lügen, ziemlich oft sogar und jeden Tag. Aber es ist doch recht mühsam zu lügen. Man muss sich eine Geschichte ausdenken und sich genau merken, wem man was erzählt hat und wer die Wahrheit kennt, und kann nur hoffen, dass diese nie herauskommt. Irgendwann hat auch Basti gelernt zu lügen, benutzt diese zweifelhafte Errungenschaft aber nur in sehr wenigen Ausnahmefällen. Ich erinnere mich an eine peinliche Geschichte:

Wir wohnten eine zeitlang in einem Mietshaus. Der Nachbar von gegenüber kam jeden Tag zu einem Plausch vorbei, wenn er bemerkte, dass sich in unserer Wohnung etwas tut. Manchmal war mir das lästig, denn ich hatte nach einem harten Arbeitstag als Verkäuferin oft nicht die Nerven für einen Schwatz. Eines Tages, ich war kaum mit Basti nach Hause gekommen, klingelte es auch schon. Ich rief leise nach meinem Sohn und sagte zu ihm: »Basti, ich hab keine Lust, mich mit unserem

Nachbarn zu unterhalten. Bitte geh du an die Tür und sag ihm, ich sei nicht zu Hause.«

Basti war damals ungefähr zehn Jahre alt und hin und wieder auch allein zu Hause, deshalb war diese Notlüge ziemlich glaubhaft. Basti ging also an die Tür, öffnete sie und sagte zu dem Nachbarn: »Meine Mutter hat gesagt, sie hat keine Lust, sich mit Ihnen zu unterhalten und ich soll Ihnen sagen, sie ist nicht zu Hause.«

Der Nachbar war ziemlich sauer und ich hatte Mühe, mich irgendwie rauszureden. Es war das erste und letzte Mal, dass ich von Basti eine Ausrede verlangt habe.

Vielleicht sind Sie nach meinen Schilderungen nun zu dem Ergebnis gekommen, dass ein Leben mit einem autistischen Menschen sehr schwierig und anstrengend ist. Das trifft oft zu, doch auch Menschen mit »normalen« Kindern haben es nicht immer leicht. Ich muss mir zumindest keine Gedanken machen, dass mein Sohn Drogen nehmen, betrunken ein Auto fahren oder kriminell werden könnte.

Bastian ist für mein Leben eine Bereicherung und wir haben auch sehr viel Spaß miteinander. Für wesentlich schwieriger empfinde ich die Reaktionen anderer Menschen, ich habe mir schon viel anhören müssen. Auf einige Weisheiten und Ratschläge kann jede Mutter gern verzichten. So sagten mir …

- eine Kinderpsychologin, dass ich Basti nur mal richtig den Hintern versohlen soll;
- der Leiter eines christlichen Jugendheims, dass mein Kind eine Strafe Gottes für meine Sünden sei;

- eine Gruppe »normaler« Jugendlicher, dass es so etwas wie meinen Sohn bei Hitler nicht gegeben hätte;
- verschiedene Leute völlig unabhängig voneinander, dass ich ihn besser abgetrieben hätte;
- mehrere Ärzte und Psychiater, dass er besser in einer Pflegefamilie oder einem Heim aufgehoben wäre;
- der zuständige Sachbearbeiter des Jugendamtes, dass ich selbst in eine Psychotherapie gehen müsste, weil das Verhalten meines Sohnes Resultat meiner Erziehung sei;
- ein Krankenpfleger und ein Kinderarzt, dass mein Sohn gar kein Autist ist und ich mir dies nur einreden würde, um mein Versagen zu vertuschen;
- ein anderer Kinderarzt, dass mein Sohn nicht hochbegabt ist, sondern ich ihn schon früh gezwungen hätte, zu rechnen, zu lesen und Fremdsprachen zu sprechen;
- verschiedene Mütter »normaler« Kinder, dass der Junge einen Vater brauchen würde, sein Verhalten sei typisch für das Kind einer Alleinerziehenden;
- unzählige Bekannte, ich soll mit Basti doch mal zu diesem oder jenem Heilpraktiker, Psychologen oder Arzt zu gehen;
- mindestens genauso viele Bekannte, ich soll unbedingt dieses oder jenes Ratgeberbuch über Kindererziehung lesen;
- eine Psychiaterin, dass ich mein Kind misshandeln würde, weil er mit elf Jahren immer noch in die Hose macht;

- einige Menschen, ich soll ihn in ein Heim der Lebenshilfe geben;
- der Leiter der Lebenshilfe, dass sie keine Asperger-Autisten aufnehmen.

Es gibt also viele Meinungen und Missverständnisse. Viele Menschen denken, dass jemand zum Autisten wird, weil er ein Trauma erlebt hat. Das ist jedoch völlig ausgeschlossen. Ein Mensch kann durch ein Trauma vorübergehend autistische Züge aufweisen, wie es z. B. bei mir nach dem Tod meines Vaters der Fall war. Dies gibt sich aber mit der Zeit wieder. Ein Mensch wird nicht zu einem Autisten, sondern er ist entweder einer oder er ist kein Autist.

Menschen sind eben sehr verschieden und immer wieder für Überraschungen gut. Wir reden immer wieder von Toleranz. Toleranz für Homosexuelle, Transsexuelle, für die Mitglieder anderer Religionen …

Gleichzeitig zu diesen Rufen nach Toleranz werden pränatale Untersuchungen an Föten vorgenommen, um eventuelle Behinderungen bereits im Mutterleib festzustellen und den Müttern schon im Frühstadium einer Schwangerschaft die Möglichkeit zu geben, das Kind abtreiben zu lassen. Es ist doch keine Schande, wenn jemand ein Kind hat, das nicht so ist wie andere Kinder. Es ist auch keine Schande, ein verhaltensauffälliges oder ein behindertes Kind zu haben. Mir graut davor, dass in Zukunft auch Autismus bereits im Mutterleib diagnostiziert werden könnte und viele dieser Kinder dann abgetrieben werden, wenn man bedenkt, dass jedes einzelne dieser Kinder das Leben seiner Mitmenschen bereichern würde.

Das Leben mit Bastian ist manchmal anstrengend, manchmal lustig und oft einfach nur anders. Doch er bereichert mein Leben ungemein. Deshalb hier mein Aufruf für mehr Toleranz: Nehmen Sie die Menschen, wie Sie sind, denn manchmal trügt der Schein. Es gibt Menschen, die sind körperlich in Ordnung und leben dennoch in einer anderen Welt. Wenn Sie Menschen treffen, die sich anders als der Norm entsprechend verhalten, akzeptieren Sie doch einfach diese Menschen, es könnte ja sein, dass auch diese in Anderwelt leben. Wenn Sie andere Menschen nicht akzeptieren können, dann versuchen Sie doch einfach, sie zu lieben und sie ein Stück weit in Anderwelt zu begleiten. Glauben Sie mir, es lohnt sich!

DANKSAGUNGEN

Ich habe noch nie ein Buch geschrieben und bin daher einigen Menschen sehr dankbar, die mich auf meinem Weg bis hierher begleitet haben. Zunächst danke ich meinem Sohn, dafür, dass er mir die Genehmigung erteilte, unsere Erlebnisse aufzuschreiben und zu veröffentlichen. Mit viel Humor und Liebe hat er jedes Kapitel kommentiert und mir Tipps gegeben, wenn meine Erinnerungen Lücken aufwiesen.

Mein Mann Rainer hatte immer wieder neu Verständnis dafür, dass ich mich zurückgezogen habe, um zu schreiben und in der Zeit für ihn nicht ansprechbar war.

Mein angeheirateter Cousin Heinz-Karl, dessen Frau Gabi und meine Freundinnen Heidi, Leni, Gunda und Grit haben immer wieder Probe gelesen und mich ermutigt, weiter zu schreiben und das Buch letztlich auch zu veröffentlichen.

In Heike Deschle habe ich eine tolle Lektorin gefunden, die den Text nicht nur korrigiert sondern auch in diese Form gebracht hat. Es hat mir große Freude bereitet, mit ihr zusammen zu arbeiten.

Jörg Malhofer gab dem Buch den letzten Feinschliff. Er zerstreute meine letzten Bedenken, das Buch wirklich einem Verlag anzubieten.

Der Fotograf und Grafiker Frank Hübner gestaltete mir Titelbild und Umschlag.

Ich könnte euch alle umarmen, denn ohne euch hätte ich nicht den Mut und das Durchhaltevermögen gehabt, das Buch zu beenden und es einem Verlag anzubieten.

Mein größter Dank gilt Gott, der immer an meiner Seite war. Er hat mir die nötige Ruhe, Geduld und Humor gegeben, um mit meinem Sohn umzugehen. Gott hat diesen zu einem wundervollen Menschen gemacht.

ZUR THEMATIK AUTISMUS ERSCHIENEN IM ENGELSDORFER VERLAG LEIPZIG AUSSERDEM:

Inez Maus: **»Mami, ich habe eine Anguckallergie. Licht und Schatten im Leben mit Autismus«**
ISBN 978-3-95488-243-4, 1. Auflage 2013
Paperback, 286 Seiten, 15,00 EUR
Die Autorin beschreibt und analysiert die ersten sieben Lebensjahre ihres autistischen Sohnes Benjamin, der in seiner frühen Kindheit fälschlicherweise für geistig behindert, hörgeschädigt und nicht beschulungsfähig gehalten wurde. Für die Rückschau konnten umfangreiche und detaillierte Tagebuchaufzeichnungen herangezogen werden. Unter Einbeziehung ihrer profunden Kenntnisse der Autismusliteratur gelingt der promovierten Naturwissenschaftlerin eine sehr reflektierte Sicht auf den Weg, den Benjamin gemeinsam mit seinen ihm liebevoll verbundenen Geschwistern zurücklegt. Die Schilderung dieses schwierigen Prozesses kann nicht frei sein von bedrückenden, manchmal erschütternden Momenten, aber es ist kein trauriges Buch, denn alle Protagonisten geben sich wechselseitig immer aufs Neue Hoffnung und Kraft und reifen selbst dabei. Eltern und andere Angehörige autistischer Kinder können von der Lektüre ebenso profitieren wie beruflich in deren Umfeld engagierte Menschen, wenn sie die Einladung zu einer Reise in den innersten Zirkel einer ganz besonderen Mutter-Kind-Beziehung annehmen. Mit einem Vorwort von Frau Dr. rer. medic. Bärbel Wohlleben, Dipl.-Psych., PPT; Stellvertretende Vorsitzende von Autismus Deutschland, LV Berlin e.V.

Inez Maus: »**Anguckallergie und Assoziationsketten-rasseln. Mit Autismus durch die Schulzeit**«

ISBN 978-3-95744-141-6, 1. Auflage 2014

Paperback, 304 Seiten, 15,00 EUR

»Anguckallergie und Assoziationskettenrasseln« schließt zeitlich und inhaltlich unmittelbar an die Schilderungen in »Mami, ich habe eine Anguckallergie« an. Analysierend und dabei stets lesbar und nacherlebbar berichtet die Autorin, wie sie ihren Sohn Benjamin durch die Schulzeit bis zur Mittleren Reife begleitet. Benjamin betritt das schwierige Land: Autismus-Diagnose, Schulwechsel und Pubertät sind die großen Themen dieses sehr persönlichen Reiseberichts. Auch die kleinen Probleme und Freuden des Alltags haben bei einem Heranwachsenden mit Autismus immer noch ein »Extra« im Gepäck, wie »Benjamins Zitatenschatz« veranschaulicht. Die Tagebücher, die ohne jegliche Intention, sie einmal zu publizieren, entstanden, ermöglichen es der Autorin, diese Zeit sehr detailreich, chronologisch exakt und inhaltlich genau zu beschreiben. Es werden Erfahrungen mit Institutionen und Fachleuten geschildert, Therapieerfolge und vergebliches Mühen sowie eigene Sichten und Lösungsansätze dem Leser anvertraut. Dieses Buch bringt für jeden, der beruflich oder privat im Umfeld von jungen Menschen mit Autismus engagiert ist, ein Reiseandenken mit. Mit einem Vorwort von Herrn Pieter Smessaert, Dipl.-Psych., PPT; Berlin.